生きる・目的を・知ろう

谷村久雄

プロローグ

何年か前、『生きる道』という本を出版した際、その本を手にした人の中には、なかなか答えが見つからないと感じた人もいたようです。『生きる道』の中には、萩焼きに生きる友や白瀬中尉のような探検家、そして、私のような英語教師など、いろんな生き方をする人たちが出てきます。

そんな中で、「自分はどうしたらよいか？」と考えるきっかけにしてほしかったのですが、そもそも「生きる目的」が解らなければ、「生きる道」も解らないという悪循環に、私も陥《おちい》ったことがあります。

そこで今回は、その「生きる目的（人生の目的）」とは何かを考えながら、人それぞれの「生きる道」を探ってみたいと思っています。

「人は何のために生きるのか」とか「自分は何をやりたいのか」を突き詰めていけば、自ずと、自分の「生きる道」も見つかるのではないでしょうか。

人の一生を思う時、不運と思われることでも、それを幸運に変えることができるか否かで、「分かれ道」になることもあります。　不運や失敗によって、より強い人間に生長することも事実です。

例えばどんなスポーツでも辛い練習をしなければなりません。さらに試合になると死闘を演じることもあります。人は楽をしたいと思う一方で、なぜそんな辛い思いをするのでしょうか。訊くと「楽しいから」という答えが返ってきます。そのようにどんなことでも、考え方一つで変わるものなのです。

職業の選択ひとつを取っても、あまりに多くの職種を目の前にすると何にしたらよいか迷うものです。

長い人生、言うに言われぬ程の辛い体験をすることもあります。自然災害やコロナ禍、事故、病など、何に遭遇するか解らない人生ですが、心の余裕を持ち、「生きる目的（人生の目的）」とは何なのかを考えていきたいと思っています。

特に2020年は、コロナ禍による長期休校や自粛生活あるいはテレワークなど、今まで経験したことのない社会状況の中を生きてきました。例えば、引きこもり状態の生活は辛いものですが、「どう生きたらよいか」とか「人はなぜ生きるのか」といった人生の根本問題を考えるチャンスでもあるのです。

私も学生時代、半年もの長期に渡り、学生運動の煽りで、休講が続き、下宿で引きこもり状態で過ごしたことがあります。

それが学生生活の始まりと言ってもよいものでした。　引きこもり状態になると、日常に追われている時よりも、人は「考える」ようになるものです。問題はいろんな状況の中で、「どう過ごすか?」ではないでしょうか。

常に「考える習慣」があると、人生の岐路に立った時や困難な問題にぶつかった時、うまく切り抜ける知恵が浮かぶ、そんなメリットもあるのです

そういう意味でも、いろいろな話題に目を向け多角的な見方をしてほしいと思います。この本が、悩み多き時代の灯台の役目を果たしてくれると信じています。

生きる道　目次

プロローグ……3

A　生きる目的（人生の目的）

a. 生きる道を見つけよう！……14
b. たとえ成績下位層でも……16
c. 白紙になった未来の夢……19
d. 思わぬ同級生と恩師との再会……23
e. 見えてきた将来像……24
f. 自分なりの人生の目標……27

g. 文豪トルストイの苦悩……29
h. トルストイと親鸞の共通性……32
i. 偉人の生きる目的と一般人はちがうのか?……35
j. 遊んで暮らして生きがいはあるのか?……37
k. 仏教の宇宙観……39
l. なぜ人類はこの地球上に生まれてきたのか?……40
m. 生きる目的と生きる手段……43

B 読書の魅力

『活字から生きる道を』……48
『良い言葉と共に人生を歩もう』……49
『本や新聞を味方に困難の克服を』……51

『読み書き通じ生き抜く知恵を』……52
『読書から人付き合いを学ぶ』……54
『本は作家の化身』……55
『学生時代の読書を大切に』……56

C　文筆と投稿

『退職を機に投稿に励む』……62
『文筆は生活の一部』……63
『中学生の書く力に目を見張る』……65
『高校生の論壇に感銘』……66
『投稿掲載100回達成』……68

『絆を強める地元紙に感謝』……69

D　手紙の良さとおもしろさ

『書簡の良さ』……74
『年賀状や投稿が生きる励みに』……76
『心が和む絵手紙』……78
『コロナ禍のエアメール』……79
『一期一会の三好先生』……81

E　誰にでもある生きる道

『必ず見つかる生きる道』……84
『人は助け合って生きる』……86

F　閑話休題

『三日坊主方式』……90
『北上川の源はどこか』……91
『心・技・体の大相撲』……93
『奇縁を感じた栃乃花』……96
『心配な海の汚染』……97
『記録残すのも復興の一つ』……99
『大津波の教訓を後世に』……100

G　エッセー

『斜め書きの手紙』……104

『唯一の道楽』……106
『運転は譲る心で』……108
『母の一言』……110

H　小説

春の水音《みずおと》……114
山稜にこだまして……154

エピローグ……195
筆者略歴
挿絵萩焼の作者

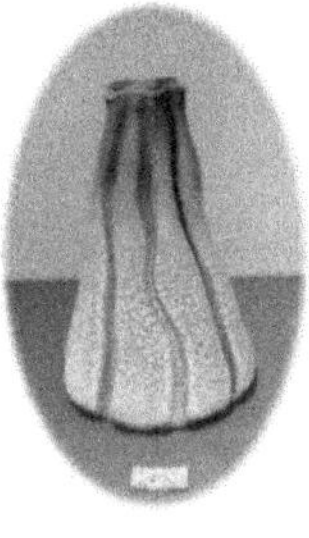

A　生きる目的（人生の目的）

a．生きる道を見つけよう！

「生きる道」の「道」は、英語では、way（道、方法）を使うようですが、「生き方」や「生きる方法」など、いろいろな表現があります。「これがMy way（私の行く道）だ」と、格好つけて言う人がいます。この場合の「生きる道」は主に、自分の一生の仕事（生きる手段）に関係するものだと思います。人は一生、仕事をして食べていかなければなりません。「仕事（職業）の決定」はまさに人生の一大事であり、「生きがいのある人生」を生きるための試金石です。

問題は希望する仕事に就けるか、あるいは見つけられるかどうかで、悩んだりするのではないでしょうか。人生、順調にいくとは限りません。現に私自身、4、5歳頃の疫痢で死に目に遭ったり、小学校の低学年時代は、クラスでも成績下位層を脱出できず、いつも先生に注意をされる児童だったのです。

そんな私が高校、大学と進み、のちに教師になったのですが、最初から教師を目指したわけではありません。英語が苦手だった私が、英語の高校教師になるまでに、いかに多くの運命的な出会いや出来事があったか、その経緯《いきさつ》については、この「生きる目的」の中で書いていますので、参考にしていただければ、と思います。

なにしろ今の時代、何かと忙しく、また便利な機器がたくさんありますが、一方で、高校や大学の卒業生の多くが、何年もしない内に、仕事を辞めて帰ってくるという実態もあります。その中には、多くの時間をかけて、古今東西の作家や思想家、哲学者の本を読んだり、考える暇がなかったと言う人もいるでしょう。あるいは、今、将来のことなどで、いろいろ悩んでいる人もいるかもしれません。

そのような人にとって、「生きる目的」は何なのか？　という難問を早い時期に解明し、さらに「人生の謎」を解くため、長きに渡り、研究し続けた人間（私）の考えが少しは参考になるのではないでしょうか。

今は便利な物がたくさんあり、部屋にいてもいろいろできます。例えば、ひきこもり状態でも、何の恥でもありません。もっとも生活に困らなければ、の話ですが…。機械文明とは言え、先行きの不透明な時代、今の時代をどう生きたらよいか、「生きる道」を見つけるためにはどうしたらよいか、一緒に考えていきたいと思っています。

b. たとえ成績下位層でも

私はもともと小学校の低学年の頃は、すでに申し上げた通り、成績はクラスの下位層の児童でした。小学校の1、2年生は、宮沢賢治も通った花巻小学校（旧花巻川口尋常小学校）で過ごしました。環境は悪くなかったと思いますが、遊びに夢中だったのかもしれません。小学校3年生の時に、父の仕事の関係（銀行員）で盛岡の桜城小学校に転校しました。そして、その3年生の終わり頃、知能検査で、頭は悪くないことが判明し、その後、勉強をしなければならない羽目になったのです。

人間の運命って、何がきっかけで、変わるか分からないとその時、しみじみ思いました。何しろ保護者面談に参加した母が、担任から、たまたま聞いて分かったことで、早くその朗報を聞かせようと、顔色を変えて学校から戻ったのを今でも覚えています。

知能検査の場合は、指導要録には記載されるのですが、本人や保護者へは伝わらない場合もあるのです。母が参観日にはいつも参加してくれたお陰です。

このように人間はいろいろな目に見えない「運命」に左右されているのです。こんな本にもそんな力があるかもしれません。なぜなら人は、「いろいろな人との出会いと同様に、本との出合いによっても運命が大きく変えられる」ことがあるからです。

話を戻しますが、私も子供心に、母の期待に応えるため、すぐ翌日からクラス一番のK君と友だちになり、勉強を教えられながら、努力を重ねるようになったのです。それからは徐々に成績も良くなり、4、5年生の頃はクラスでも中間層ぐらいになり、前途洋々だと勝手に思っていました。

ところが、人生、そう思い通りにはいきません。小学6年の時に父の転勤で、秋田県の横手市の小学校に転校し、慣れない土地で成績の方も頭打ちになってしまったのです。

特に中学1年の時は、初めての英語の授業が解らず、困り果て、そのことを母に相談しました。おしゃべりと仕事の早さが取り柄の母は早速、英語の塾を見つけてくれました。

塾と言っても生徒は、私と近所の友人の2人だけでしたが、その英語塾の先生は、若いながら要領がよく、授業を先回りする手法（予習を重視するやり方）で、学校と同じことをするので、学校の授業がよく解り、英語は私の得意教科になったのです。噂を聞き付けたのか、1年の終りごろには、塾生が5、6人に増えていました。

予習重視の英語学習のやり方を他の教科にも応用し、家庭学習では、毎日、帰宅後は気分転換をして、夕食前の1時間は復習をし、夕食後の1時間は予習。朝は6時起床で、朝食前の30分、その日の予習を再度しました。土日曜は、休憩を入れながら、5教科の復習をまとめて実行し、予備問題などにも挑戦し、全教科の成績アップが実現したのです。

私の場合は、夜遅くまで勉強することもなく、学習時間も少ないのですが、効率のよい学習方法だったのでしょう。そういうことで成績下位層の生徒だった私が、人並みの成績、否、中学では、クラス上位の成績になったのも級友のK君や塾の仲間たち、塾の先生のお陰だと思っています。そのように人生途上における様々な「出会い」は、人生を大きく左右することを、身をもって体験したのです。

中学3年のとき、父の仕事の関係で宮城県の気仙沼市の中学に転校し、そこで気仙沼高校に進学しました。そして、高校1年の11月、父の突然の転勤で、花巻北高校に転校し、古里に戻ってきました。私の場合は小学校3か所、中学校2か所、高校2か所という波乱に富んだ小中高時代を過ごしたことになります。

成績向上のきっかけを与えてくれたのは、不出来な私を見捨てず、参観日にはいつも欠かさず出席し、ユニークな英語塾を見つけてくれた母のお陰です。

c．白紙になった未来の夢

それから私は好きな英語を生かせる仕事に就き、世界の国々を巡ってみたいという夢の実現のため、外国語学部（英文科）のある横浜の神奈川大学に進学しました。横浜には貿易会社がたくさんあるので、就職のとき、有利だろうと考えたのです。ところが大学に入学と同時に学生運動の嵐に巻き込まれ、下宿待機が続く中、手にした商業英語の教科書を見て唖然としました。専門用語やら堅苦しい英語表現が続き、興味が持てなかったのです。

まずそこで自分の未来の夢は白紙に戻り、下宿でひとり憂鬱な日々を過ごしていました。

まるで、2020年のコロナ禍で、自宅待機を迫られた学生の人たちの状況と似ています。私も物事うまくいかない時もあるとつくづく思いながら、下宿で溜め息ばかりついていましたが、幸いだったのは、同じ下宿の先輩たちが、いろんなアドバイスをしてくれたことでした。

「大学時代は4年間もある。のんびり考えればいいさ」と言う先輩の一言は、大きく私の胸の内に響くものがあったのです。

早速、古本屋を巡り、何冊かの本を購入しました。一冊目の本は、忘れもしない阿部次郎の『三太郎の日記』でした。その中に出てくる「読書と思索」（本を読んで、考える）こそ私の原点と言ってよいものです。「読書も思索も安眠も恋愛もすべて…真正なる孤独の経験は容易に居住者の精神を見舞わない」分かるような分からないような表現が多く、読破した記憶はありませんが、読んでいる最中に、「学生時代を無駄にせず、本や新聞をよく読み、日記ぐらい付けなさい」という高校の恩師の言葉が脳裏をよぎったのです。

新聞は下宿内で回し読み。先輩たちが先に読み、私が読む頃は大分よれよれになっていました。もっとも私自身、新聞代を払った記憶がありません。心の広い先輩たちだったと今にして思います。

日記も読書ノートみたいな感じで書くようになり、今も続いています。今の時代であれば、もっと容易に情報を得る機器もあります。よい情報や有益なことはメモしておけば後日、役立つと思います。

次に手にしたのが、亀井勝一郎の『青春をどう生きるか』でした。「青春の夢は大切だが、夢を少しでも実現させるためには、どれだけの努力と苦痛が必要か…青春は甘やかされるべきものではない。苦労を光栄として厳しく自己を鍛えることが大事だ」この文章で、ある覚悟が私の心の内に湧き起こりました。納得の行くところまで読書をしようという覚悟だった、と今にして思います。そのように読書は、一生を左右する力があるのです。

私はどちらかというと早起きが好きで、朝の方が頭が冴えています。それで、トルストイやドストエフスキーなどの大作は午前中に読むようにしました。大学に行く日は、朝食（パンとコーヒー）前の1時間ぐらいを読書の時間に当てるようにしました。それと平行して帰宅後や夜の時間は、夏目漱石の小説などを寝ころびながら、のんびり読んでいました。午前と午後に読む本を別にする方法は、飽きやすい性格の私にはピッタリでした。

私の読書ペースは、超スローと言って良く、よい言葉や文に線を引きながら、考えるというスタイルなので、トルストイ、ドストエフスキー、漱石などの代表作を読むだけで何か月もかかりましたが、気楽に読むことができた感じです。

そんな本を読むより、「人生論」の本を読んだ方が、手っ取り早いと言う人もいると思いますが、大家と言われる文豪のものを読んでおいた方がいいと考えたからです。「人との出会い」で多くのことは学ぶように、読書を通じて、大家と呼ばれる文豪との付き合いもまたいいものです。もちろん「読書と思索」を忘れず、感想や自分の考えを読書ノートに書くようにしていました。やはり得るものは想像を越えるものだったと記憶しています。

私は忙しい人なら、「1日10分の読書」でもいいと思います。10分でも10日で、なんと、100分の読書と同じです。何か必ず得るものがあるはずです。

読書好きでも、国語の教師でもない私が「読書」を奨励するのは、おこがましいと思う人もいるかもしれませんが、読書は、私自身の体験から得た、人生の荒波を乗り越える時の「虎の巻」(秘伝の書)になるものだと思うからです。

d. 思わぬ同級生と恩師との再会

大学に通ったり、本を読んだりしている内に時は過ぎ、2年の夏休みの帰省中のことでした。これも今、思えば運命的な出来事と言っていいものでした。

花巻の街中を自転車でブラブラしている時、偶然に高校の同級生（男子）に出くわしたのです。「どこへ行くの？」と聞いたら、「高校の恩師の家」との答えでした。「付いて行ってもいい？」と聞くと、「いいよ」と言うので、喜んで付いて行きました。

お陰で、久し振りに恩師に会う機会を得たわけです。お茶を馳走になりながら、その同級生はいろいろな相談をしていたようです。私は特に相談ごとも思い浮かばず、聞き役をしておりました。

「タニムラ、教員免許ぐらい取っておけよ」と、恩師からの何気ない助言が発せられたのは、帰りぎわのことでした。「ハイ」と私は気軽に答えましたが、その時、はじめて、将来の就職口に教師という選択肢のあることに気が付いたのです。

夏休み後、大学に戻り、早速、3、4年生の選択科目に、教員免許の取得に必要な教科を組み入れたことは言うまでもありません。免許の取得には2年程かかり、4年生になってから、岩手の中学校で教育実習も行いました。

授業の実習も無難にこなし、スポーツ好きの私はクラブ活動にも参加し、日替わりで、野球部に行ったり、次の日はテニス部に行ったり、と楽しい毎日でした。

教師という職はおもしろいと思ったものでした。それが卒業後、「教師の道」へと進むきっかけとなったのは間違いないと思っています。

そのように運命の糸は、目に見えない所まで張り巡らされているのです。その同級生とは、不思議なことにその後、一度も会っていませんが、今は感謝しかありません。

e．見えてきた将来像

学生時代の後半も朝は外国の小説を読み、大学から帰ってからは、インスタントコーヒーを飲みながら、漱石の他にいろいろな日本の作家の小説を読みましたが、読書量は減るどころか増えていました。

それは身近に、私より読書をしている学生が多くいたからだと思います。その頃は、下宿にはテレビなどもない時代でしたから、今とはかなり違った雰囲気でした。

時々、お互いの下宿を訪ね、「何を読んだ？　どうだった？」と本の感想を聞いたり、情報交換をしたりする友人が何人かいました。それでますます読書に拍車がかかったようです。

本当に何かを体得するには時間がかかるという自覚は、すでに身に付いていましたし、「読書と思索」を続けた結果、「教師の道」が選択肢の一つとして浮上したのも事実です。

自分の生きる道については、英語教師としての「将来像」は見えてきましたが、問題は英語力、特に英会話の力を付けなければと考え、土、日曜日は読書を30分ぐらいにして、横浜駅などへ行って、タクシーに乗ろうと行列を作っている外国人観光客に話しかけ、無料で英会話の練習を実行しました。

それも、なるべく若くて優しそうな女性を探して話しかけました。これもある意味で、英語を勉強している者の特権かもしれません。普通なら、馴々しく若い女性に話しかけられませんよね。若い外国人女性は、ニコニコしながら、愛想よく英会話の相手をしてくれたものです。

それから、夏休みは羽田空港で、英会話の訓練を兼ね、案内係などのアルバイトもしました。時々、見かける美人のスチュワーデス（現ＣＡ）に気を取られながらの仕事も楽しい思い出の一つです。

就職として、羽田空港のような華やかな所にも憧れのようなものを感じたりしましたが、航空会社でも教師でも試験に受からなければ実現しません。

余談ですが、私は大学でも何処でも、出かける時は文庫本（余り厚くない）をポケットに入れて持ち歩くようにしていました。

羽田までは片道1時間近くかかったので、電車の中でも本を読んだものです。今の時代であれば、スマホなどを利用してもいいと思います。

f．自分なりの人生の目標

当時は今と違い、就職活動は4年生からでも遅くなく、教員試験も夏休み中、空いた校舎などを使って行われました。あまりその勉強をしなかったので、2年間も臨時教師をやることになったのですが、その頃はそうなるとは夢にも思っていませんでした。
「生きる目的（人生の目的）がいったい何なのか？」が、もう少しで解りそうで、就職活動はそっちのけだったかもしれません。「それでけっきょく解ったのか？」と、心配する人もいると思いますが、「なぜ生きるのか」とか、「生きる意味」、「生きる理由」など似た表現がたくさんあるので要注意なのです。

ある意味では、少し時間をかけた方がいい場合もあるので、その頃の私は学生時代がそのチャンスと考えていました。

小林秀雄の批評文やモンテーニュの随想録（エッセー）、三木清などの哲学系は、読破というよりも、小説同様に気に入った言葉や文に線を引きながら、その思想性をチェックするやり方でしたが、それが、かなり功を奏した感じです。古本屋で買った文庫本は、遠慮なく線を引いたり、メモったりできるのでいいものです。

時には、吉川英治の『宮本武蔵』や『親鸞』などの時代物も読みました。『親鸞』を読んでいる時、「悟るとは、理屈ではなく、感じるもの」という言葉が印象的だったのですが、「悟るとは何を悟るのだろう?」という疑問が湧き起こったことを覚えています。

悟りの境地にまでは至りませんでしたが、これから自分は「どう生きていけばよいか」という方向性が見えてきたのは大きな収穫でした。「読書と思索」を基本にしながら、「自分の内面性」を鍛え、自分の信じる道を行くことが大事だと気付いたのです。「自分の内面性を鍛えること」は、「生きる目的」(人生の目的)の一つと言われるものです。そういうことで、たとえ教師になっても、その生き方や生きる道が、人それぞれ違ってくるので、自分なりに「人生の目標」を決めなければならないと思った時期でした。他人に左右されない生き方や考え方ができれば、「鬼に金棒」だからです。

そういう意味でも、確固たる信念を持って生きた文豪や偉人の考え方を知ることは、他人の意見に左右されやすい今のネット社会を生き抜く上でも有用だと私は感じています。

それから私は、高校の頃から柔道やウェートトレーニングで体も鍛えていましたので、教師になるや、すぐ柔道部の顧問になりました。やはり心身ともに鍛えておくことも大事だと思います。

g．文豪トルストイの苦悩

文豪ともなると、研究家の解説書などもたくさん出ています。不勉強な私は普段あまり見ないのですが、何気なく、文庫本の終わりに書かれている数ページ程のトルストイの年譜や解説を見ている時、トルストイほどの文豪でさえ、「生きる目的」が解らなくなり、苦悩の人生を送ったことを知ったのです。人間誰しも、いろいろ苦労や悲しみが生じたりすると、「何のために生きているのか」といった疑問が湧くのだと思います。

私も幼い頃、前述しましたが、重い病気にかかり、死の一歩手前まで行ったことがあり、

その様子をよく父母に聞かされ、せっかく助かった命を無駄にしないためにも、どう生きたらよいかと考えるようになったのは確かです。

トルストイの場合は、40代後半、身近に起きた悲しい出来事に遭遇したのが原因だったようです。それで「こんな悲しい思いまでして、自分は何のために生きなければならないのか」と、悩み抜いたと言います。「人は何のために生きるのか」という問いこそ、「生きる目的（人生の目的）とは何か」なのです。

私は、漱石やドストエフスキーと共にもっとも尊敬するトルストイが、私と同じような悩みを抱えたことを知り、非常に驚きました。トルストイは、30代後半の大作『戦争と平和』が世に出るや、名声をほしいままにしていました。しかし、『アンナカレーニナ』の執筆中の47歳の時に、二人の子供と、育ての母であった叔母（トルストイ、2歳の時に母他界）を失うという出来事で、あまりの悲しみに何も手に付かなくなり、「自分は何のために生きているのか」という空しさと無常観に襲われるようになったと記されています。

自分の苦悩を赤裸々に示した『懺悔』を54歳の時に出版しますが、それは「人は何のために生きるのか」という「人生の意義」を問う悲願の哲学論文とも言えるものだったのです。

ところが、40代後半に味わった深い悲しみが尾を引き、トルストイはその悲しみと空しさが何処から来るものか知るため、著名な文学や哲学の書物を片っ端から読むようになったとも記されています。

幸いトルストイは広大な土地を所有する地主だったので、思いのままに読書をする財力と時間があったようです。天才とまで称される頭脳の持ち主。文学や哲学そして老子や孔子に至るまで、あらゆる文献を研究し尽くすのですが、なかなか納得のいくものがないという日々を十何年も続けています。

そして、苦労の末、『復活』を世に出したのが、トルストイ、71歳の時でした。『復活』は、トルストイの人生観や社会観をあますところなく表現され、芸術性の高い作品と評価されましたが、現実の生活（地主という身分）が、理想とする生活とは程遠く、トルストイの苦悩が解決したわけではありませんでした。

普通であれば、トルストイでさえ、「人生とは何か」が解らないようなら、私のような青二才には到底、無理だと考えるのが筋ですが、ますますやる気が起きたのです。

この「人生」という難問が文学で、解決できなくとも哲学がある。哲学で解けなければ、宗教に頼ってもいいと思ったのです。一介の学生にはメンツも何もありません。そこが強みだったのかもしれません。

h．トルストイと親鸞の共通性

トルストイの凄さは、生涯をかけて、その問題を追及したことだと思います。

宗教には教義というものがあり、宗派によって違いが生じたり、果ては、争いの原因にもなりますが、トルストイはそれを超越した理想的な教えはないものか、その壮大な夢を求め、生きていこうとします。「来世の幸福を約束するのではなく、この地上に幸福をもたらす実践的な宗教」それが、トルストイの理想とする宗教だったのではないかと言われています。

日本の仏教は「あの世に行ってから、極楽浄土で成仏する」という考えが主流のようです。

でも、親鸞は「この世で救われてこそ、あの世でも救われる。この世で救われなければ意味がない」と当時としては画期的な考えでした。（偶然にもトルストイと同じ考えです）

多くの反発の中、師の法然は賛同したと伝えられています。そして親鸞は迷える民衆のために、その生涯を捧げる決意をします。そういう意味では、トルストイもその後の人生を悩める万人のために捧げようとしています。その証拠に教訓的な作品が多いと思います。

書いたものを出版する（世に出す）という行為は、「得た知識を死に学問ではなく、活き学問にする行為だ」と言う人もいますが、勇気のいることです。称賛されるとは限らないからです。トルストイでさえ国柄もあるかもしれませんが、『懺悔』を出版した時に、すぐに発売禁止になっています。

しかし、文豪トルストイの創作の意欲は衰えず、『さらば我ら何をなすべきか』『人生論』『宗教論』に至るまで、何十作にも及ぶ教訓的な作品を世に出しています。トルストイの理想とする生き方は、地主を止め、財産を手放すことでしたが、家族の反対もあり、それもできず、自己嫌悪に苛まれる日々だったようです。

多くの偉大な文豪が、万人と同じような悩みを抱えながら、いろいろな物を書いてくれました。早まったこと（命を絶つなど）をする前に、少しでもいいから読んでほしいと思います。

私自身「死ぬ勇気があるなら、何でもできる」という言葉で、救われたこともあります。基本的に私の場合は楽しむための読書というより、何かを得るための読書です。

この厳しい世の中を生き抜くための「読書と思索」なのです。スマホなどを使ってでもいいと思います。「いい考えやヒント」など、自分を助けてくれる「言葉」を探してほしいと思います。

ちょっと、窮屈な人間と思われそうですが、決してそんなことはありません。漱石の『坊っちゃん』や『我が輩は猫である』、吉川英治の『宮本武蔵』や『親鸞』は面白いし、得るものがあり、二度も読破しました。

i. 偉人の生きる目的と一般人はちがうのか？

トルストイの生きる目的は、いったい何だったでしょう？　それはトルストイにしか理解できないものなのでしょうか。余人は立ち入るべきではないのでしょうか。

しかし、言えることは、「迷える民衆を救うために、一生を捧げた親鸞」と、「万人の幸福を願いペンを握り続けたトルストイ」には、「悩める人々を救いたい」という共通した意思が感じられます。

後年、読んだ高森顕徹氏監修の『なぜ生きる』という本には、『歎異抄』についても詳しく書かれていますが、「迷える民衆を救うことが親鸞の生きる目的だったのだ」というようなことが書かれています。とすれば、「万人のためにペンを握り続けることがトルストイにとっては、それが生きる目的だった」のではないでしょうか。

つまり、それは親鸞やトルストイだけではなく、「世の中の人々も皆、仕事などを通し、世のため、人のために生きているわけで、知らず知らずの内に、生きる目的（人生の目的）

を果たしていることになる」とも考えられます。

実際、世のため、人のために生きることが、生きる目的なのだと言っても、「冗談じゃない。そんな余裕はない」と答える人もいるでしょう。あるいは「儲けるため、お金のために働いているんだ」と言う人もいるでしょう。それはそれで、よいのではないでしょうか。

私自身、若い時代は、終始、自分の悩みで頭がいっぱいでした。一人前になるまでは、それは許されることだと思います。それに人それぞれ、皆、生活環境など異なる人生を経験して、生長するので、考え方も皆、違ってくるのは当然のことです。

親鸞も9歳で仏門に入り、比叡山で厳しい修行の日々を送ります。それは苦行と言ってもいい程、辛いものだったようですが、29歳の時、耐えきれず、里に下り、たまたま法然の説法（煩悩があるままで救われる道がある）を聞き、目の覚める体験をします。

仏教の開祖の釈迦も、苦行の末、35歳で悟りの境地を体得しますが、人間、何かを悟るためには、辛い時期も体験しなければならない場合もあるのです。

釈迦や親鸞のような偉人でさえ、若い時代は悩み多き日々を過ごしています。とすれば我々はもっと大威張りで、悩んでよいのではないでしょうか。

j．遊んで暮らして生きがいはあるのか？

仏教の開祖、釈迦の話が出たところで、キリスト教、イスラム教に並ぶ、世界三大宗教の一つ、仏教について考えてみたいと思います。人生について考える時、「人の生き死に」にも関わる問題なので、文学や哲学と共に宗教的な物の見方も無視できないのです。

諸説があるようですが、釈迦（紀元前5世紀半ば〜4世紀前半ごろ）は、インドのヒマラヤ山麓のシャカ族の王子として生まれたと記されています。何不自由のない生活に耐えられず、城を飛び出し、29歳で出家し、難行苦行の日々を送り、35歳で悟りを開き、苦しむ人々を救うため、伝導に80歳までの生涯を捧げたと伝えられています。

釈迦の生まれ育ち（遊んで暮らせる生活）を見れば、誰でもが憧れるはずですが、それが不思議なことに、人間とは必ずしもそれに満足しないように創られているようです。これは「人間の生きる目的はいったい何なのか」と大いに関係してくるのです。

人は誰でも幸福を求めて生きています。しかしそれは「生きがい」の感じられるものでなければなりません。そこが難しいところです。その証拠に2020年に、今までに経験したことのないコロナ禍のため、自宅での自粛を要請された時、皆、喜んだでしょうか？家で遊んで暮らせると喜んだでしょうか？　否と答える人が多いと思います。

不安を感じながらの生活は、いくら自由でも楽しくないのでしょう。人間とはそのようにできているものと考えられます。

別な言葉で表現すれば、いくら自由でも「空しさ」とか「絶望感」に襲われると、それが原因で、自殺に走ることもあると言われます。そこに宗教の存在の意義の重要性を指摘する人もいます。

k. 仏教の宇宙観

日本の場合は、信じる信じないに関わらず、身近に仏教的な教えが息づいていた気がします。私の家にも小さい頃から、お仏壇があり、お灯明を点けて、お線香に火を点け、手を合わせていました。後年、仏教の教えの中で、宇宙の存在に重きを置いていることを知り、他の宗教と大きく異なるところだと思いました。と言っても、インドから中国に伝わった仏教ですが、仏教に関わる経典は数千にも及ぶとのこと。その中から、優れたものを選りすぐり、日本の仏教として確立するまでの道程《みちのり》は並大抵のことではなかったと思います。『華厳経』には、「仏の宇宙にあまねく絶対性と菩薩の修行の十地の階梯を確立された」と説かれています。「仏陀とは大宇宙の真理を覚り、衆生を教え導くもの」の意味で、宇宙を十方微塵世界（十方世界）と称しています。

天文学の発達していない紀元前に、大宇宙の存在を感じ取り、世界は無始無終、万物は生滅流転の繰り返しだと気付いたとすれば凄いことだと思います。

宗教は人間が生きていく上で、なんらかの役割を担っていることは、誰もが認めることです。

生きる目的を知るために、宗教が関わるのは仕方ないとしても、なぜ宇宙の話まで持ってくるのか、不思議に思う人もいるかもしれませんが、人類（人間）が何故この地球上に生まれたのかを考えてほしいからです。

1. なぜ人類はこの地球上に生まれてきたのか？

自然現象と言えばそれまでですが、寄せては返す海の波の1分間の回数が、人間の1分間の呼吸回数と同じだといいます。海の波がもし地球の呼吸なら、同じ呼吸数を持つ人類（人間）が、この地球上に誕生したのは単なる偶然とは思えないのです。

「人間は何のためにこの地球上に生まれてきたのか？　つまり生まれてきた目的は何か？」

釈迦も親鸞も身をもって、それを示しています。それも「あること」に開眼したからだと思いますが、それが悟りというものなのでしょうか。「悩み苦しんでいる人々に救いの手を差し伸べる行為こそ」、釈迦や親鸞にとっては、この世に生まれた任務（使命）の遂行だったと思われます。しかし、それは釈迦や親鸞だけではないのです。病気で苦しむ人々を無償で助けたマザーテレサや無抵抗主義を貫き、インドの人々を導いたガンジー、人種差別を無くそうと努め、凶弾に倒れたアメリカのキング牧師など枚挙にいとまがないほどです。

そういうことで、それは特定の人たちだけに限られたものではなく、すべての人が少なからず、持って生まれてきているはずなのです。

そろそろ人間がこの地球上に生まれてきた理由（目的）が解ってきたと思いますが、この大宇宙の中の小さな星、地球に自分が生きていること自体が凄いことだと思いませんか。

2000億個もの星が存在するこの「天の川銀河」の一つの星である地球に、我々は住んでいるのです。この大宇宙には、天の川銀河のような銀河が大小無数にあると言われています。

宇宙の何処かで新しい星が生まれ、古い星が消滅しても、宇宙の物質の全体量は変わらないのだそうです。

アインシュタインが、１９１６年に一般相対性理論を発表し、その理論を裏付ける「ブラックホールの初の撮影成功」が、２０１９年の4月の新聞に載り、世界中の注目を集めました。

世界6か所の電波望遠鏡を駆使しての快挙ですが、その一つが国立天文台水沢観測所の電波望遠鏡と聞き、日本のレベルの高さに驚きました。宇宙とは、まさに「法則を伴ったエネルギー」で成り立っている気がします。コペルニクス（１４７３～１５４３年）やガリレオ（１５６４～１６４２年）が地動説をとなえ、それをもとにケプラー（１５７１～１６３０年）が惑星運行の法則を発表しました。そして、その約１００年後のニュートン（１６４２～１７２７年）の「万有引力の法則」の発見につながるわけですが、そのような法則や現象が、この宇宙に存在することを発見した先人には頭が下がります。文学や哲学では説明できない現象が、宇宙にも人間界にも生じているのです。仏教の宇宙観は、宇宙の何処かに「創造神」が存在するのだろうという示唆を与えてくれているようです。

m・生きる目的と生きる手段

「この地球上に何のために人間は生まれてきたのか」という問いこそ、「生きる目的（人生の目的）は何か」なのだと思います。

霊能力者として知られる江原啓之氏の著書『人はなぜ生まれ、いかに生きるのか』の中には、次のように記されています。「この現世を修業の場として選んだのです。私たちはみな、自分の魂を見つめ、磨き直すという人生の大きな目的を持って生まれてきます」と。

私流に解釈するなら、「人は、人生修業を通し、自分を磨くために、この世に生まれてくる」となります。同じ修業でも、滝に打たれたり、座禅を組んだりするお坊さんの場合は「修行」であり、字も違ってきます。さらに次のように記されています。

「私たちは地球を変えようという志を持って生まれてきたのです」「人々がみな幸福になるように、世界が本当によくなるように…」江原氏は、「他人への奉仕」こそが、究極の「果たすべき人生の使命」と言っています。つまり「生きる目的」を意味しているわけですね。

まさに「世のため、人のために尽くすこと」が「生きる目的」の一つだと私も思います。しかし、毎日、働いて食べていくだけで精一杯だから、とても他人のことに構っていられない、と言う人もいるでしょう。

一方では、ボランティアに参加して、世のため、人のために尽くす人も沢山います。「24時間テレビ」などを放映するだけで、多額の募金が集まる国ということは、多くの人がそういう心を持っている証拠です。それ以外ではどうしたらよいか、と悩む人もいるかもしれませんが、皆それぞれ工夫をこらし、「自分流」で良いのではないでしょうか。

高森顕徹氏監修の著書『なぜ生きる』の中では、「なぜ生きるのか」は、「生きる目的」を意味し、そして、「どう生きるのか」は、「生きる手段」を意味すると表現されています。つまり「なぜ生きるのか（生きる目的）」と「どう生きるのか（生きる手段）」を分けて考えなければならないのです。

と言うことは、「自分はどう生きたらよいか」と考える時、自分の「生きる道」とも関係してくるわけですね。

問題は「生きる目的」を果たすためには、「どう生きたらよいか」ということだと思います。生きがいのある仕事に就き、世のため人のために尽くしているという実感が湧けばよいのですが、人生は苦労の連続です。

人間は人それぞれ、生きる環境が異なったり、いろんな人間関係の中で生きていかなければなりません。

どうやら遊んだり、楽をしたりするため、生まれてきたわけではないようです。しかしいろいろ苦労した後に、温泉に浸かったり、美味しいものを食べたりすると嬉しいものです。多くの人が、地球を大事にしようと思う心を持つだけで、地球も、世の中も変わっていくでしょう。空気、水、海の幸、山の幸…たくさんの物を無償で、人類（人間）に与えてくれている地球にまず感謝の気持ちを忘れないようにしたいものです。

人がこの世に生まれてきた理由（目的）、解ったでしょうか？

「生きる目的」は人によって違うのではないか、と思った人もいるかもしれませんが、私自身、歳を重ねて解ったこともあります。

体調などにも左右される場合もあると思います。ただ言えることは、「誰にでもこの世に生まれてきた目的」があるのだということです。そういう意味では、すでに答となる言葉を記したつもりですが、人生とはそれほど単純なものではないことも確かです。まだまだ納得がいかないという人もあるでしょう。この本もこれで終りではありません。

言葉足らずの面もあると思いますが、新聞という公の機関が、私の発信を認めてくれ、掲載してくれた「声」や「論壇」なども参考にしていただければ、と思います。めざす頂上が解り、登山道が決まれば登らなければなりません。同じように、生きる目的（人生の目的）が解り、生きる道も決まれば、その道を生きていかなければなりません。

年齢や体調、そして環境など、いろいろのことを考慮しながら、一度っきりの人生、多少、辛いことがあっても、為すべきことを実行し、目標をもって、悔いのない楽しい日々を送ってほしいと思います。

B　読書の魅力

#『活字から生きる道を』

教師をしていたせいか、教え子や今の若い人たちの将来を思うと、いろいろと気掛かりです。どんな時代でも、人は悩みをかかえ生きなければなりませんが、いろんな書物の名言や励ましの言葉に救われる人も多いのではないでしょうか。

ここ数年、いつも「読んだよ」と電話をくれた母に続いて父も身まかり、私の新聞投稿も休眠状態になっていました。

そんな時、「原稿をデータ化（活字）にして頼めば本が安くできるよ」という知人の話を思い出し、これまでの投稿をまとめて本にしようという気になったのです。

パソコンは扱えず、ワープロも使い始めて15年くらいなので、フロッピーにすらないものがかなりあり、20年間分の字起こしに何か月もかかる始末でした。しかし多くの人たちへのエールになることを願い、本の題を「生きる道」とし、この半年あまり、本づくりに精を出してきました。

私は新聞でも本でも赤線を引きながら読むので、わが家の新聞は競馬新聞みたいだと家族に笑われますが、言葉との出合いも貴重なものです。

パソコンやスマホに向き合うだけではなく、活字の本（私物）や新聞に他の迷惑にならない程度に大いに線を引きながら、悩みの解決に役立て、自分の生きる道をぜひ見つけてほしいと思います。

（二〇一六年　十一月　岩手日報　声）

『良い言葉と共に人生を歩もう』

人が言葉を持っていることは非常に尊く、貴重なことです。しかし使い方を間違うと、凶器にすらなってしまいます。体の健康に関する食物には、すごく敏感である一方で、心の食事とも言える言葉を重視しない傾向があるようです。

それどころかパソコンや携帯電話などのスイッチひとつで、消えてしまう画面の言葉に翻弄され、心を痛めたり、時には、自殺にまで追い込まれたりするのは残念でなりません。

春3月、これから新しい世界での生活が始まり、いろんな人間関係も生じるでしょう。人付き合いも避けては通れないものですが、他人の心ない言葉に左右されない強い心を持つように自分を鍛えることも大事です。

そのためにも書物や新聞の活字を通し、自分を支えてくれる良い言葉や文に出合ったら、ノートなどに書いておくなどすれば、きっとそれらの言葉は救いとなるはずです。

若い頃、私も朝、20分ほど愛読書の『勝海舟』や人生論の本を読み、新聞にも目を通し、良い言葉に出合うように心掛け、その言葉と共に生きてきました。

人それぞれに生きる道があるはずです。目標を持ち、自分の生きる道をぜひ見つけ、そして、良い言葉と共に人生を歩んでほしいと思います。

（二〇一七年　三月　岩手日報　声）

『本や新聞を味方に困難の克服を』

盛岡の書籍購入額が、日本一という朗報がある一方で、大学生の本離れや高卒者を含めた早期離職の問題など心配の種は尽きません。学生の本離れは、パソコンやスマホの普及もさることながら、習慣性だとするデータもあるようですが、便利な物に走る傾向と、一方で、読書の利便性に気付いていないという気もします。

確かに情報の収集はスマホなどでもできます。しかし、新聞や本の方が活字ゆえに真実味があり、正否を判断する上では有効な手段と考えられます。

先日の「声」欄では「心の万能薬だ」と読書の利点を述べている方がいましたが、本や新聞を読まないこと自体、「大きな損」をしているようなものだと思います。

苦労の多い人の世、仕事も何年か、やってみないと分からないものです。生きていれば、人生の分岐点に遭遇し、どう判断するかが問われる時があります。

私自身、失敗だらけの人生ながら、人生論の本や新聞の情報を最大の味方として利用し、考える習慣ができ、大きな失敗から免れたことが度々あります。パソコンやスマホの情報のみでは、見逃しがちな真実を、本や新聞の活字で確認し、吟味することで、冷静な判断ができるはずです。

一寸先は闇の厳しい世の中です。本や確かな新聞情報を味方にし、ぜひ困難を克服してほしいと思います。

（二〇一八年　六月　岩手日報　声）

『読み書き通じ生き抜く知恵を』

先日の日報論壇に、「読み聞かせ」の意義について、専門学校生の投稿が掲載されていました。私も子どもの成長過程において、読み聞かせは思わぬ効果を生むだろうと期待しています。

直木賞受賞作『銀河鉄道の父』の中に宮沢賢治が小学校の時、担任の先生が数カ月にわたり読んでくれた『家なき子』に、いたく感動したことが書いてありました。

家族の存在、寮生活、東京での苦労、妹の死などの体験が、詩人そして童話作家としての才能を開化させたとはいえ、小学校での読み聞かせの『家なき子』の感動が「呼び水」になったとも考えられます。

近年、小中学生諸君の投稿熱が高まり、頼もしく思っています。いろいろの物事に興味を抱く時代、教育現場で新聞を教材として取り上げたり、授業で社会問題について読んだり、考えたりすることは、「読み聞かせ」と同様に、それが「呼び水」となり、物事の判断力が身に付くものです。

人は何のために読んだり書いたりするのでしょうか。それは、これからの時代を生き抜く知恵や思考力を身に付ける上で、有効な方法だからです。これからも平和な国造りのためにも、強い信念をもって、大いに健筆を振ってほしいと思います。

（二〇一八年　十月　岩手日報　声）

『読書から人付き合いを学ぶ』

今年も門出の季節を迎えました。進学や就職などで新しい環境での様々な人付き合いが始まります。120年を越す伝統がある盛岡一高の男子寮が幕を閉じると、本紙で報じられました。岩手日報社刊『啄木賢治の肖像』では、賢治の盛岡中学（現盛岡一高）での寮生活について記されています。

賢治が四年生のときに、体罰をする舎監の教師に対する新舎監排斥運動が起き、「生徒は生徒らしくなくてはいけないが、先生も先生らしくなければいけない」といった演説をし、他の仲間と退寮を命じられています。

そういう時代だったのでしょうが、善かれ悪しかれ、団体生活で学ぶことはたくさんあります。当時の賢治の読書量も半端ではなかったようです。寮での生活が後にヒューマニティーあふれる大作家となる基盤になったのかもしれません。

生きていく限り、人間関係の問題は避けては通れないものです。目上だったり、上司だったり、性格もいろいろです。人それぞれ性格が皆、違うということを念頭に入れ、人付き合いをすることで、無駄なトラブルを回避できます。そういう私もそれに気付かず、失敗をしたことが多々あります。

そんな失敗に遭わないためにも本や新聞をよく読み、判断力を身に付け、人とうまく付き合う工夫をし、人生の荒波を乗り切ってほしいと思います。


（二〇一九年　三月　岩手日報　声）

『本は作家の化身』

本紙で「本屋幸福論」の記事を読み、これからの時代、本や本屋（書店）の良さをアッピールすることは急務と感じました。綿矢りささんは「読書によって、人生の答が見えてくる」、林真理子さんは「好きな本を買い、好きな場所で読む幸せを」と言っています。

電子書籍を否定しませんが、形ある本は、その本を書いた作家の『化身』でもあり、それは新聞や雑誌にも言えることです。活字の本や雑誌、新聞の良さは形として残るからです。本屋で買った本が、心の隙間を埋めてくれたり、悩みを解決してくれたりすることもあります。気に入った言葉に線を引いておけば、好きな時にまた読み返すこともできます。そうなると、友だちが1人増えたと同じです。岩手を訪れてくれた2人の作家が書いたものは、それぞれに持ち味があり、きっと良い言葉や文章に出合うことでしょう。

私自身、長く持病をわずらい、社会貢献らしきことはあまりできませんが、本や新聞で研鑽を積み、世の中を見る目を養い、力不足ながら書くことを続けていきたいと思っています。

（二〇一九年　七月　岩手日報　声）

『学生時代の読書を大切に』

今年ももう少しで新年度を迎え、新たな学生生活も始まりますが、先日、本紙「大学生の本離れ」の記事を読み、正直驚きました。全国大学生協連の調べに対し、大学生53％の読書時間「ゼロ」との回答は残念でなりません。

確かに単位の取得に追われ、三年生あたりから就職活動が始まるとなると、ゆっくり本を読む余裕はないのかも知れませんが、学生時代は自分の一生を考える大事な時でもあります。

朝でも夜でも、10分ぐらいでもいいと思います。時間をつくりときには読書をしながら、悔いのない人生を送るにはどうしたらよいか、生涯戦略を練ってみてはどうでしょうか。

事実『なぜ生きる』や『生きる理由』『生き方』などのタイトルの本がベストセラーになっています。私自身、昨年『生きる道』を自費出版しましたが、無名の作者にもかかわらず、それなりの売り上げがありました。やはり自分の「人生の生きる道」を見つけたいと思っている人たちがたくさんいる証拠です。

しかし自分の進みたい道に進めるとは限りません。また希望する職業に就けるか否かも未知数です。そこにいろいろの悩みや葛藤が生じるわけですが、その解決法としてもっとも身近ものが本だと思います。人生論の本などを読み、自分で分析し、考えることが大事なのです。

さらに古今東西の文豪や哲学者の書などにも挑戦することを勧めたいと思います。そういった大家のものを読むことで、判断力や思考力をつけ、人間の幅を持つことにもなるのです。学生時代は、またとないチャンスです。

私自身、学生時代、それ程の読書家ではありませんでしたが、1日1~2時間程度をノルマとして、午前、午後に分け、本や新聞を読むように心掛けました。良い言葉や文に線を引いたり、大学ノートに読んだ感想や自分の考えをメモしたりするようにしました。読書ノートは、日記の役目も果たし、後々の参考になったものです。

画家などの芸術家や皆が憧れる歌手や俳優、作家のような「天職」と言える仕事で、生きていける人の割合は10%ぐらいだといいます。しかし自分が選んだ仕事を通して、少しでも生きがいが感じられ、何年も続けられるようであれば、それは「適職」と言ってよいのだそうです。

「悔いのない人生を生きたければ、毎日、本や新聞を読み、日記ぐらい付けなさい」と卒業間際に高校の恩師が言ってくれました。今年、春の卒業生諸君にも送りたい言葉です。

悔いのない人生などないのかもしれませんが、悔いを最小限に食い止める方法はあるはずです。人間がこの地球上に生まれてきたからには、それなりのやるべきことがあるからだと思います。それが何か、人それぞれ読書を通じ、ぜひ見つけてほしいと念願しております。

（二〇一八年　三月　岩手日報　論壇）

C　文筆と投稿

『退職を機に投稿に励む』

桜の季節になると、学校を早期退職した年のことが思い出されます。当時、私は耳鳴りがもとで、職員室のパソコンやプリンターなどの音が気になり、長く居られず、仕事は図書室、弁当は車の中で食べるという状態でした。耳鼻科にはだいぶ通いましたが、良くならず、結局は神経科を紹介されました。

ＣＴの検査でも異常はないものの、音過敏症（神経症）と診断され薬も出ました。薬の効果もあり、夜も安眠できるようになりましたが、耳鳴りを悪化させるような雨の音や騒音などいろいろの音が悩みの種でした。授業にはあまり支障はなかったのですが、調子の悪い日は休んだり、行事にも参加できず、迷惑をかけることが多く、5年を残し教師を辞める決心をしました。

私とは逆ですが、難聴に苦しみながら『運命』などを作曲したベートーベンや『ひまわり』などで知られる画家ゴッホも耳鳴りに悩まされたといいます。

そんな有名人にあやかり、退職後、特に力を入れた新聞投稿も、今年で掲載85回ほどになりました。闘病しながら書いたという人たちの投稿文を目にする度、私も勇気付けられた一人です。そういう方々を手本にしながら、これからも書いていきたいと思っています。

（二〇一八年　四月　岩手日報　声）

『文筆は生活の一部』

人生は長さより、その中で何をやるかが肝心だと言われます。人間は命や生活の危機にさらされながらも、生きなければならない時があります。定年退職をしたら、温泉にでも浸ってのんびり過ごそうと考えていましたが、私の場合、55歳での早期退職だったので、働いている家族の手前、そうもいきませんでした。

それで朝、起きれば精神統一をやり、本を読んで新聞に目を通し、文筆をやるようにしました。それから軽く体を動かし、遅めの朝食。朝食はパンなので、コーヒーが何よりの楽しみです。食後30分ぐらい休憩して、また読書と文筆で午前中は過ぎます。

午後は掃除や洗濯（きつい労働は無理ですが）などの家事をやり、散歩や昼寝をして、また読書や文筆（投稿文、エッセー、小説など）に精を出しています。

「趣味（投稿）が社会貢献になっていいね」との家族の言葉がせめてもの救いでもあります。一昨年には本も出版しましたが、無名の作家？　には定年もないようです。「終わった人」にならないために始めたことですが、どうも終わりそうにありません。

年齢や体調に合わせ、人それぞれの生き方があってよいのではないかと思っています。とにかく、悔いのない人生をめざし、「何かやることを見つけ」実行することをモットーにしています。

（二〇一八年　七月　岩手日報　声）

『中学生の書く力に目を見張る』

本紙「声」の特集「戦後74年」を読み、肉親を亡くされた方々の悲しみや食料難など、改めてその悲惨さは、戦後生まれの者には想像を絶するものがあります。

私自身、戦争についてはなかなか書けないでいますが、中学生諸君の健筆には目を見張るものがありました。やはり日頃の投稿や教育に新聞を活用するＮＩＥ活動などの成果だと思います。

以前、大学生の2人に1人が読書時間「ゼロ」という記事に驚きました。ネット社会になり、本や新聞を読む習慣が、中高生の頃から不足していることも原因の一つだと言われています。

「どう生きたらよいか」とか「何をしたらよいか」ということを中学生ぐらいから考えさせることが大事だと、梅原猛氏はその著書『道徳』や『仏教』で指摘しています。読むことと書くことで、自分の生き方を考えるきっかけになるからです。

敗戦の苦労を教訓とし、平和な道を歩むことこそ、戦争で犠牲になった祖先への恩返しになるのではないでしょうか。そういう意味でも特に近隣諸国とは「忍びがたきを忍び」つつも、平和外交に努力してほしいものです。「投票で意思表示を」「過去は変えられないが、未来は変えられる」という中学生諸君の声に尽きると思います。

（二〇一九年　八月　岩手日報　声）

『高校生の論壇に感銘』

過日、本紙「論壇」で高校生が「学力」について論じていましたが、その力量に感銘を受けました。最近の中高生の投稿文を読むたび、すごいなあと感心します。自分の中高生時代では考えられないことです。

新聞に何かを書くことが、思考力や発想力を身に付けるよい機会になるのだと思います。その高校生は、秋田県の学力の向上について触れていましたが、的を射ていると感じました。

私が入手した秋田方式の一部を紹介しますと、まず規則正しい生活と朝食を抜かない食生活を基本にしています。それから「家庭学習」を重視し、復習もさることながら、「予習」に力を入れているとのことです。

前もって教科書を読んで、主要部分に線を引くだけでも効果があるようです。見知らぬ土地で迷うより、下見をしておいた方がいいのと同じ原理かもしれません。主要5教科の復習は、土、日曜など休日にまとめてやったり、その他、頭がさえる朝学習を実行したり、効率的な時間の使い方の工夫が感じられます。

授業の進め方も説明してすぐには答を示さず、生徒に考えさせる手法はさすがだと思いました。どうしても先に進もうと急ぎがちになるもので、私も「間」の取り方で苦労した記憶があります。

学力向上策が功を奏しているのは、生徒たちが勉強の意義を理解し、将来、世のため人のために役立つものとの自覚を持っているからだとその高校生も指摘していますが私も同感です。

（二〇一九年　九月　岩手日報　声）

『投稿掲載100回達成』

本紙の風土計によると、昨今の自粛生活の影響か、投稿が増え、出番待ちのものが沢山あるとのことです。このような記事は、投稿する側には有効な情報であり、やはり新聞情報は大事だと実感します。選考する方々の苦労は並大抵ではないと思いますが、採用されて、読者に見ていただき、後世にまで投稿文が残るのは新聞の魅力の一つです。

また意見を述べる機会の少ない一般の人々にとって、新聞は貴重な発表の場でもあります。

早期退職後、教壇には立てないが、投稿を通じて、やり残した教師の仕事ができればと、自己研さんを兼ね、本紙「声」「日報論壇」「ばん茶せん茶」に投稿を続け、掲載100回を達成することができました。

仕事を失う落胆は大きいものですが、命あっての物種です。行き詰まった時、普遍的な思想性は書物にゆだね、時代に即した物の見方は新聞から得ながら、切り抜けてきました。人生の岐路に立った時、問題解決の資料や糸口にもなります。

有望な若者が死に急いだりするのはあまりに惜しい気がします。本や新聞は羅針盤です。ちょっと目を通すだけで、物事を冷静な判断へと導いてくれます。「声」や「論壇」など、なんでも効果があります。気楽に読み、生きる力にしてほしいと思います。

（二〇二〇年　九月　岩手日報　声）

『絆を強める地元紙に感謝』

春にコロナ禍が騒がれて、半年近く、不思議なことに本県の感染者はゼロでした。秋風が漂う頃、コロナ感染者全国最小の「奇跡の岩手県」と題して、その魅力をテレビが放映していました。

全国一広い県土。豊かな温泉、食材…など。確かにいろいろと恵まれてはいますが、私は日常のマナーを守ろうとする素朴な県民性にあるのではないかと思います。それから東日本大震災のときも感じましたが、人々の心の「絆」なども要因ではないでしょうか。そういう意味では、その絆を強くしてくれる地元紙（岩手日報）の果たす役割は大きいと思います。

実は私も地元紙に育ててれた一人です。作文の苦手な英語教師だった私が、20数年前に参加した「北の文学」の集いで、直木賞作家の三好京三先生から、ものを書く心構えを教えられ、ちょうどその席で、当時の学芸部長さんから「新聞投稿もよろしく」と声をかけていただいたのが、投稿文を書くきっかけでした。

先日は、「声」欄で、及川貞志さん（94歳）が、「200回の新聞掲載、人生の宝」の中で、私の「投稿100回達成」を褒《ほ》めて下さり、心から感謝しています。

今年は自粛ムードの毎日。本紙の小型無線機で撮影したカラー写真やカラフルな絵手紙、様々な記事など、そして洗練された文章表現にどれだけ励まされたことか、心からその苦心と努力に賛辞を送りたいと思います。

（二〇二〇年　十月　岩手日報　声）

D　手紙の良さとおもしろさ

『書簡の良さ』

本紙の「声」欄や「論壇」そして、「ばん茶せん茶」を読むたび、毎日届く書簡のように思う時があります。それは私だけではないかもしれませんが、書き手の年齢を超えて、心に響いてくるので不思議です。そのあとに「風土計」や「論説」は、襟を正して読み、思想性や書く手法を学ぶようにしています。

声欄で、会ったことのないペンフレンドと心の触れ合う手紙のやり取りをしている人や、長い航海で手紙が心の支えであり、ロマンでもあるという投稿を読み、パソコンや携帯電話のメールなど便利な機器のあふれる時代でも、手書きの手紙の良さを忘れてはならないと改めて思います。

私も40年ほど、手紙のやり取りをしている友人がいます。横浜で4年間、学生時代を過ごし、卒業後、私は岩手に戻り教師になり、友人の方は同じ英文科にもかかわらず、山口県の萩で陶芸を始めました。

個展などがあると数年に一度ぐらいは会っていましたが、ここ十数年間はいろんな事情で会うことができずにいます。それで年に2、3度、手紙のやり取りをしています。

近況や体調、社会問題に至るまで話題は多岐にわたります。生きる世界が違ったことで、むしろ話が尽きず、長く続いたのかもしれません。手紙は面倒だと敬遠する人もいますが、出だしがうまく出てこないからではないでしょうか。前略や拝啓はもちろん、「陽春の候」や「盛夏の候」など時節の言葉、あるいは、「ご無沙汰しています。お元気でしょうか」といった気軽な表現で始めていいと思います。あとは自分の意見や考えを書いていくだけで相手に十分伝わるものです。

私の場合はそんな書簡（手紙）が、新聞投稿や論文を書くきっかけになったりするので、それも書簡の効能と言えます。

教師の頃、電話や家庭訪問でも効果のなかった不登校の生徒が、テスト範囲のプリントなどを添え手紙を出したら、定期テストには出席し、その後も登校するようになった事例もあります。

人間関係にせよ、国と国との問題も書簡や親書で解決の糸口を探るのも一方法です。電話も意外に込み入った話はできませんし、面と向かっての話も感情的になったりする場合があります。その点、書簡であれば、冷静に対処できますし、本音も出せます。問題やトラブルを起こすのも、解決するのも人間です。解決策の一つとして書簡（手紙）の効能をいま一度、見直してはどうでしょうか。

（二〇一七年　九月　岩手日報　論壇）

『年賀状や投稿が生きる励みに』

新聞紙上で「私の一年」や「新年の抱負」を読み、賀状も届き、今年も生きる励みになったのは私だけではないと思います。

思えば3、4年前は体重が20キロも激減し、糖尿病の予備軍になっていました。その後、禁酒や食事療法に心掛け、最近では体重も戻り、医者の診断では大丈夫とのことですが心配は尽きません。

今年の賀状には自分の闘病のことを書き、さらにほかの話題も入れたので5、6行ぐらいになりました。賀状一枚とはいえ、友人や知人の様子を知ることができ、自分の生き方の参考にもなります。中には退職後も再就職し、仕事を続けているとか、家族の介護や入院で大変だったが、本や新聞は毎日読んでいるという賀状もあり、私の方が力づけられます。

三十数年もの歳月、2年間の臨時教師に始まり、山間の分校、養護学校（現　特別支援学校）、普通高校、定時制高校、そして闘病を経て早期退職など、多くの荒波を乗り越えることができたのも、読書や新聞情報とともに賀状を通しての励ましの言葉が大きな支えでした。

人は皆、それぞれ厳しい現実をかかえ生きています。ときには立ち止まり、生きる意欲となる言葉に出合い、生きる支えにしてほしいと念願しています。

（二〇二〇年　一月　岩手日報　声）

『心が和む絵手紙』

新型コロナウイルスの感染が、日々脅威となり始めた今年の春、関東に住む昔の教え子から一通の絵手紙が届きました。

40年ほど前、県北の高校で、文化祭の劇の指導に奮闘中の私を陰日なたなく助けてくれた女生徒の一人でした。卒業後、大都会の企業に就職しましたが、その苦労は並大抵ではなかっただろうと思います。

その絵手紙の水彩画は、黄色や緑を基調とした淡い色彩で植物が描かれていました。優しいぬくもりが感じられ、心が和む思いでした。添えられた文には「不安だらけな毎日ですが…、ご自愛ください」と書かれていました。

私は早速、3年前に自費出版した本とお礼の手紙を添えて送りました。それから1カ月ほどして、思いがけないことにその教え子から本の感想と新茶が届きました。新茶を味わい、いつの間にか、すっかり大人になった昔の教え子を思い出しながら、厳しい人の世を生き抜く力は、中高生時代に培われるのかもしれないとしみじみ思いました。

そしてはがき一枚とはいえ、人の心を和ませたり、元気づけてくれる不思議な力があることを実感しました。40年の歳月を経て届いた教え子の絵手紙は、退職後も「教師は、やめても教師だ」と意気込む私と懐かしい故郷へのエールに思えてなりません。


（二〇二〇年　六月　岩手日報　声）

『コロナ禍のエアメール』

新年に、心温まる賀状と一緒にフィリピンの友人からエアメールが届きました。

届くのに1カ月以上かかったようですが、届くのはまだいい方で、昨年出した私の手紙は届かず、戻らず、どこかへ消えてしまいました。

日本にいる友人のご家族に事情を話し、フィリピンの方にも伝えてもらうことにしました。友人の大学も休講が続き、収入は4分の1になり、帰国したくとも空港は閉鎖状態とか。「この国は、金銭的に誰も助けてくれない厳しい国です。しかし、もともとコロナ禍は、人間の欲望がもたらしたもの。日本政府の経済優先のやり方には問題があったが、給付金や支援金を出してくれる国は世界にそうないと思います。不満ばかりでは何も解決しません」とつづられていました。

1月3日付本紙でも「感染症の特集」が載りました。ペストや天然痘、コロナなど、感染症がいかに恐ろしいものか。コロナの世界大流行の恐怖の中、自国ファーストなどと言うリーダーは失格です。

自分さえ良ければいいという考えを捨て、国民が皆、自粛生活や不便に耐え、初心にかえり、コロナ禍を克服するしか方法はない、と長旅でヨレヨレになったエアメールを見ながら、つくづく思いました。

（二〇二一年　一月　岩手日報　声）

『一期一会の三好先生』

「一期一会」は茶道でよく使われる言葉ですが、直木賞作家の三好京三先生とは、20数年前の「北の文学」の集いで、一度だけお会いしました。酒を注ぎに行き、親しくお話を聞くことができました。

「文筆は神聖な行為だから、酒を飲みながら、やっては駄目ですよ。それから何を書いてもいいが、うそはいけませんよ…」と笑いながら、いろいろ親身になって話してくれました。

その後お会いできず、年賀状をお出ししたら「賀状ありがとう。同じ教師で、本名、私もヒサオですよ」。そして「執念、題材！」と励ましの言葉まで添えられた年賀状を頂きました。くしくも先生の2007年の年賀状には、「命大事に、生涯現役を目指します」そして「メモ、メモ、執念、構想！」と書かれていました。

その年の三月に脳梗塞で倒れられ、5月11日、黄泉に旅立たれました。今年5月（皐月）

の祥月命日、15回忌を迎えられます。
文学を志す人々に惜しみなく愛を注がれる先生でした。私自身「執念、題材、構想」を念頭に置き、コロナ禍に負けじと机に向かう毎日です。

（二〇二一年　岩手日報　声）

E　誰にでもある生きる道

『必ず見つかる生きる道』

昨今の青少年は身近にスマホなどの機器がはびこり、気が休まらないのではないでしょうか。先日の本紙、論壇で「若者の自殺」が取り上げられていました。ネット社会という大人の目の届かないところで、何が起きているのか。親も教師も何気ない思春期の子供たちとの会話から、悩みなどを察知してほしいと思います。

水谷修氏の『夜回り先生』によると、平成20年代の全国小中学校の不登校の児童生徒数は10万人を越しているといいます。

高校生以上は義務教育ではないので、正確に把握できないが、引きこもり数は、民間機関の調査では、100万人以上（20代、30代も入れて）という深刻な数字です。それがさらに増加傾向にあるとすれば、そういった若者の未来はどうなるのでしょうか。

近年、私もなんとか若者むけに『生きる道』を出版することができました。多くの方々に購入していただき、高校などにも寄贈しました。かつて「論壇」や「声」「ばん茶せん茶」などに載った拙文を中心に編集しましたが、自分の生きる道を考えるきっかけになってくれればと思っています。

何年か前には「生きる目的と生きがい」と題して論壇に載せていただきましたが、人それぞれに人生の目的があり、果たさなければならない使命（任務）があると言われています。しかし生きることの難しい人の世。それは学校も同じで、不登校の原因はいじめがもっとも多いといいます。

いじめが常態化すれば、被害者にとっては心的ダメージになり、りっぱな犯罪だと水谷氏は書いています。「いじめがあったらすぐに親に相談し、親は学校と連絡をとり、正しい情報を得るようにする。場合によっては、教育委員会や警察に協力を求めることも必要だ。いずれにせよ、悪質なケースは学校も勇気をもって警察などと連携しなければ、いじめの根絶は難しい」と喝破しています。

と言っても、なかなか人間社会は複雑です。家に避難せざるを得ないときもあるでしょう。今はパソコンを筆頭に便利な機器が豊富にあり、家にいても、できることがたくさんあります。資格は通信でも取得できますし、本や新聞も読めるはずです。スマホなどからも情報は気軽に得られます。やろうと思えば何でもできる時代です。青少年の方々はもちろん20代や30代の人たちもまだまだ多くの知識を身に付ける必要があります。

超高速で進む機械文明の世の中をいかに生きていくか。それは自分の「生きる道」（やるべきこと）を見つけることで解決できるのではないでしょうか。生きる道は必ず見つかるものです。「やりたいこと、やるべきこと」を見つけ、生きがいのある人生を生きてほしいと思います。

（二〇一八年　八月　岩手日報　論壇）

『人は助け合って生きる』

吉野源三郎著「君たちはどう生きるか」（岩波文庫）を原作にした漫画版はおととし発売され、今なおベストセラーとなっています。それだけ、多くの人たちが「自分はどう生きたらよいか」と考えているからでしょう。

「君たちは…」は今から80年ほど前、1937年に出版されました。学校でのいじめの場面も出てきます。仲間の一人が上級生数人からの陰湿ないじめに遭い、助けようとした友人2人も暴力を受けます。中学2年の主人公は足がすくみ、助けに行けませんでした。暴力を振るった上級生たちは、学校から厳しい処分を受けますが、仲間を助けられなかった主人公は自分を責めます。「君ならどうする?」と作者の声が聞こえてくるようです。

近年、本紙のNIE（教育に新聞を）活動が浸透し、新聞を通して、中高生が世の中のことに目を向け、「考える力」を育むきっかけとなっています。ちょうど進路や自分の生き方を考える時期であり、そのような時間を持つことは有意義なことです。また、いろいろな記事を読み、家族や友人と話し合うことは、人間形成の上でも大きな意味を持つものと思われます。世の中の事件や環境問題など自分には関係ないと言う人もいますが、「新聞」という情報媒体一つを取り上げても、地域や世界で起きていることを取材する人、編集する人、それを印刷する人など、いかに多くの人が関わっていることか。そういう人たちがいてこそ毎日、新聞から新しい情報を得ることができるのです。

先日のNIE紙面では、日韓関係の記事に注目した高校生が「両国の関係は厳しいが、モノづくりに取り組む現場の人々の思いは一緒だ」と大局的な見方で発言しています。「君たちは…」の中でも主人公は、服も食べ物も全て、誰かが作ったものであり、数えきれないほど多くの人々のおかげで、自分の生活が成り立っていることに気付きます。「人間社会は、網の目のように助け合って生きている」と感動の声を上げるところはまさに圧巻です。人生を山に例えるなら、頂上は「人生の目的」であり、登山道は「生きる道」ということになります。頂上は一つでも登山道は沢山あります。

どの道を行くかは、各人が決めなければなりません。そして、どの道を行っても途中、いろんな困難に遭遇することでしょう。　そんな時、どうするか。それが「君たちはどう生きるか」のテーマなのではないでしょうか。

若い人たちは特に、これからの人生をどう生きるかを考える時に、どんな時にも自分が多くの人々に助けられ、生きていることを忘れないでほしいと思います。

（二〇一九年　十月　岩手日報　論壇）

F　閑話休題

『三日坊主方式』

三日坊主とは、辞書によると「飽きやすく、一つのことが長続きしない人」とありますが、解釈次第では、三日坊主でもやらないよりはよいと思います。

例えば（月）（火）（水）の週の前半を勉強でも読書でも何でもいいから実行し、週の後半は休んだとしても、毎週、３日間でも何かを実行すれば、何もやらないよりは、何らかの進歩はあると思うのです。

過日『声』の欄で「10分間学習」を載せていただきましたが、それを見た知り合いの中には、すでにそれを壁に張って実行しているという人もいました。一方で、「10分学習と言っても、どうせ三日坊主で続かないから、やらない」と最初からあきらめている人もいました。

それで毎日やるのは大変だという人は、三日坊主でもいいから、週3日方式でやってみてはどうか、というのが今回の提案です。

「ウェートトレーニング」なども（月）（水）（金）とトレーニングをやり、（火）（木）（土）と休むやり方の方が効果が上がります。次の日は休ませた方が筋肉は発達するからです。

10分間学習や読書をすでに実行している学校では、あまり抵抗がないかもしれませんが、これからやろうという人たちは、まず週、「三日坊主方式」でもいいから、やってみてはどうでしょうか。


（二〇〇三年　七月　岩手日報　声）

『北上川の源はどこか』

かつて父の故郷である岩手町の高校に在職した折、北上川の源流と言われる御堂観音の境内にある「弓弭《ゆはず》の泉」をしばしば訪れたものです。

先日、本紙で「北上川源泉」の地として岩手町の特集を目にし、改めて懐かしさが蘇りました。七時雨山のふもとを流れる北上川の北限の支流、「染田川」の紹介もあり興味をそそられました。と共に「北上川の源」は正確にはどこなのか？　そして北上川の249キロメートルの長さはどこから測ったのかという疑問が湧き、その筋に聞いてみました。

するとと国土地理上の北上川の基点は「弓弭の泉」にほど近い「堀田川」と「吉谷地川」の合流地点ということでした。いずれ、その辺りが北上川の本流の出発点ということで「弓弭の泉」の源泉説の裏付けにもなるようです。それはどうやら間違いなさそうです。

「夏草や　兵《つわもの》どもが　夢の跡」と芭蕉は詠ましたが、いかに戦いが空しいものか、ぜひ世界に平和の尊さを発信してほしいものです。

その古戦場のそばを流れる衣川は北上川へ注ぎ、そして北上川は悠久の時を越え、宮城県の石巻や追波湾へとゆったりと流れていきます。

（二〇〇九年　五月　岩手日報　声）

『心・技・体の大相撲』

大相撲では、よく「心・技・体」という言葉が使われますが、技と力の向上を目指す意味では何も相撲に限ったことではありません。

しかし、同じ格闘技でも、柔道やボクシングのように階級別を設けていない大相撲では、頂点を極めることがいかに難しいことか理解できます。

体力面で劣勢の力士は技を磨き、筋力アップの必要があります。さらに身体的な故障があれば、その点も克服しなければなりません。

69連勝の偉業を持つ双葉山は、子供の頃の怪我で片方の目が不自由だったといわれます。しかし「心・技・体」すべてにおいて申し分のない横綱でした。

「礼に始まり礼に終わる」相撲道の「美」とも言える土俵上の作法が身に付いて、初めて「心・技・体」という言葉が生きてくるのではないでしょうか。

53連勝の記録を持つ千代の富士は、肩の脱臼に何度も見舞われながら31回の優勝記録を残しました。当時の幕内力士の平均体重が約150キロ程度の体重ながら、筋肉が隆々とした横綱で、勝っても驕らない土俵上の仕草にも風格が見られ、格好よかったと記憶しています。

弱点を克服しながら、大勢の観客の前で「綱」の意地を見せつける醍醐味が、また大相撲の魅力です。

若貴フィーバー時代は、大きな外国人力士の曙や武蔵丸に若乃花、貴乃花の兄弟力士がどう挑んでいくかといったスリルがありました。スリルやドラマ的な要素がなければ、いかに国技とはいえ衰退することになります。

人気の横綱貴乃花が引退した後、相撲離れが懸念されていますが、スター力士の不在に加え、三役クラスの力士をはじめ、休場の多いことなど問題は尽きません。自己責任と言ってしまえば、それまでですが、逆に考えれば、稽古熱心の現れという場合もあるでしょう。

怪我などの程度を厳密に診断し、際限なく番付を落とすのではなく、例えば幕内以上は、幕下までとするなどの考慮も必要ではないでしょうか。

年々、力士は大型化し、加えてスピードや破壊力などが増しています。怪我は力士生命すら脅かす問題です。そういう意味でも、休場や怪我防止の一環として、筋力の強化と共に、故障箇所を治しながらトレーニングできるウエートトレーニング場などの整備をぜひ実現してほしいものです。

もちろんすでに、本格的な設備を持っている部屋もあるようですが、だれでも利用できる力士用のしっかりとした施設を身近に造る必要があると思います。マシーンなどを取り入れ、故障部分はリハビリに努め、ほかの部分はウエートトレーニングで鍛え込むことも可能です。日々、健康面に留意し、稽古やトレーニングに励み、「心・技・体」の向上を目指してほしいと念願しております。

（二〇〇三年　五月　岩手日報　論壇）

『奇縁を感じた栃乃花』

　平成20年の初場所は、横綱白鵬の優勝で幕を閉じました。話題の朝青龍の復帰もあり、盛り上がりましたが、なぜか寂しい場所でした。それは本県出身の栃乃花の引退の場所になったからです。

　前へ出ながら自分の形をつくり、相手を倒す正攻法を信条としている栃乃花に対し、変化してでも勝てばいい、という相撲を要求するのは酷でしょうが、昨年秋場所の活躍を振り返っても、今場所の引退は思いもよりませんでした。しかし年齢的なものや体力の衰えを自ら感じ、引退を決意したとすれば、むしろその潔さに賛辞を贈るべきでしょう。

　私自身、体調不良もあり、やむなく数年前に教師を早期退職しましたが、この無念の日々を栃乃花の相撲の意気込みにどれだけ励まされたことか、言葉になりません。

　思えば私の高校教師としての出発は、偶然にも、栃乃花関の故郷の旧山形村（現、久慈市山形町）にある久慈高校の分校でした。それも1973年、ちょうど彼が生まれた年です。

そんな奇縁を感じつつ、ケガや故障を克服し、数々の名勝負を見せてくれた栃乃花関を応援してきました。

これからも親方として、大いにその技量を発揮されることを心から祈ってやみません。

（二〇〇八年　二月　岩手日報　声）

『心配な海の汚染』

東日本大震災での福島の原発事故以来、排出される放射能を含んだ温排水が、海を深刻なまでに汚染することが証明された今、福島のみならず、将来を見すえた国の改善策が必要な気がします。

もし青森県六ケ所村の再処理工場がフル稼働すれば、一般の原発一基が、年間に排出する放射能を含んだ温水を1日で排出するということです。

本紙の論説でも海流について述べていますが、北から流れてくる親潮は、青森、そして三陸の海へと南下し、福島県の辺りで南から来る黒潮と合流します。青森県の原発や再処理工場から、放射能を含んだ温排水が排出された場合、親潮に乗って三陸の海への影響がないか心配されます。

再処理工場事業は継続するらしいのですが、その汚染問題をどのように解決するのでしょうか。プルトニウムは、ウランの数万倍の毒性をもつ放射性物質であり、稼働すれば、海を汚すことになるのではないでしょうか。

大津波により壊滅的な被害を受けた三陸の海が、さらなる被害のないよう、是が非でも海の環境を守る方策を考えてほしいものです。

（二〇一二年　九月　岩手日報　声）

『記録残すのも復興の一つ』

哀しみの集積でもあるがれきは、早めの撤去をお願いしたいが、巨大津波の爪痕の記録として、破壊された防潮堤の一部は残せるものなら残してほしいものです。

本紙発行の「記録写真集」には大津波が防潮堤を軽々と乗り越え、濁流が街に流れ込む迫力のある写真がありますが、その凄まじさを物語る実物も必要です。災害遺構として、建物の上に観光船が乗ったまま残せるなら、インパクトもあり、観光にも生かせるでしょうが、予算的に無理なら、田老観光ホテルなどは是非残してほしいと思います。

記録集として、本紙を始め各社の証言集には、津波を体験した一人一人の感動的なドラマと、生きる指針となる教訓を載せています。

本紙は震災以来、1日も休むことなく、県民に情報を伝えてきました。記者の方々の苦労は、筆舌に尽くしがたいものがあったと推測されます。

特にも、2月3日付「新日本の幸福」の連載記事「遺児たち」を担当した記者の紹介がありましたが、取材拒否にもめげず、やり遂げたのは、粘り強さと伝えたいという熱意があったからだと思います。

先人の知恵を生かした水門や防潮堤、そして高台の神社や石碑など、大災害の爪痕と共に、残せるものは残し、生かせるものは生かすのも復興の一つではないでしょうか。

（二〇一一年　三月　岩手日報　声）

『大津波の教訓を後世に』

今年も桜の季節を迎えましたが、新型コロナウィルスの影響で、3月11日の震災の日も悲しみに浸る間もなく過ぎた気がします。

しかし、明治から平成に至るまで、3度も三陸を襲った大津波の教訓を決して忘れてはならないと思います。

宮澤賢治が生まれた1896（明治29）年の明治三陸大津波では、岩手だけで1万8千人を超す犠牲者を出しています。

夜の8時すぎごろの襲来で、「三陸沖の200キロの海底で、マグニチュード8・5」ながら、不運にも、大きな揺れがなかったので、大惨状を招いたと言います。そういう恐ろしい津波もあることを後世に伝える必要があります。

賢治が没した1933（昭和8）年の大津波は、犠牲者は3千人。3月3日の午前3時、外は氷点下10度の厳しい寒さで、「現状はまさに悲惨極まりなく、目を覆うばかりだった」と被災当日、取材に入った記者はつづっています。

賢治の生涯わずか37年間に、2度も大津波が起きたことになります。そして、つい9年前の東日本大震災の大津波を考えると、本当に津波はいつやって来るか分かりません。さらに津波の恐ろしさは、季節や時間に関係なく襲ってくることです。

明治や昭和初期と違い、印刷技術が発達した今日、震災遺構と共にカラー写真集などは、大津波の猛威を後世に伝える上で、インパクトのあるものなので、機会あるごとに生かしていかなければなりません。

あらゆる教訓を生かし、これからも大津波の襲来に備えてほしいと思います。

（二〇二〇年　四月　岩手日報　声）

G エッセー

『斜め書きの手紙』

「異国の島の山の尾根　風に晒《さら》され…」という書き出しで、3ケ月ぶりにフィリピンにいる友人から手紙が届きました。それが斜め書きになっているので、正直かなり驚きました。何かあったのか…と読んでみると、自転車に乗っていて側溝に落ちたというのです。

背中の肋骨を3本、前の方は一本を骨折、その他左肩の辺りは、骨が見える程の脱臼という大怪我だったようです。使えるのは右腕だけで、寝たまま手紙を書いているとのことで、斜め書きの謎は解けましたが、心配だけがつのるばかりでした。

友人はここ数年、年に1、2ケ月、帰国するものの、1年のほとんどをネグロス島にあるファンデーション大学で陶芸（焼物）の講義や実技（創作）の指導をしています。大学には2、3メートル級の作品も作れる大きな窯があり、創作の意欲が湧くとよく話していました。

すでにネグロス島には長くいるので、買物などにはよく自転車を利用し、その日も夕暮れ時、用事を済ませ帰宅しようとした矢先の事故だったようです。

激痛で動けないところを近くにいた人達が助けてくれ、病院まで運んでくれたといいます。ところが病院では、大分待たせたあげく、肋骨の骨折は骨が曲がっただけだからと、簡単な処置をしただけで、素っ気なく帰されたそうです。その病院の対応に、友人も異国に住む侘《わび》しさをつくづくと感じたようです。

幸い大学のゲストハウスに住んでいるので、衣食住の心配はなく、そのまま養生しているとのことです。寝ながら本を読んだりできる便利な物があるらしく、それを使って書いたので、斜め書きになったようです。

ただでさえ、くせ字の友人の手紙…この斜め書きを解読できるのは、おそらく私ぐらいのものでしょう。

と言うことで、私は気を取り直し、息子にもらった拡大鏡を駆使して、何度も読み返す毎日です。

（二〇一七年　十月　岩手日報　ばん茶せん茶）

『唯一の道楽』

わが家に萩焼が届かなくなってから、大分、月日が経ってしまいました。

それもそのはず、東日本大震災が起きた年の6月11日の未明、萩の友人の工房が火事になり、電気やガスを使う窯をはじめ、命とも言うべき登り窯までも失ったからです。

警察から連絡を受け、自宅から車で10分ほどの所にある工房に、友人が駆け付けた時には焼け落ちた後で、そのがれき処理だけでも膨大な費用がかかり、再建は無理とのことでした。

萩焼の登り窯での窯焼きは、一般の24時間より2時間も長い26時間で、その熱さも凄まじく、履いている長靴が熔けるほどだと言います。

高温の熱風の中で生み出され、灰を被ったように荒々しい灰被り花入はわが家の玄関に置いてあります。重さが7キロもあり、どっしりしています。

東京の三越デパートで、3年に1度、開かれる個展の度に、ボーナスをはたいて何十万円もする萩焼を購入したので、そのお礼にと、毎年のように湯飲み茶碗などが届いていました。それを親しい友人たちの還暦祝いに、気前よく送った翌年が、なんと工房の火事だったのです。

「欠けちゃってさ」と遠慮を知らない友人たちのおかげで、今では湯飲み茶碗も底を突きそうです。しかし辛うじて残ったマグカップで、飲む朝のコーヒーは格別です。「そんな高いカップで飲むなんて、贅沢ね」と言う妻も、何万円もする数の少なくなった湯飲み茶碗をシュガー立てにしています。

藁《わら》灰質の白濁釉を施した萩焼独特の色合いの優雅な壺や、艶やかな淡紅色の花瓶を書斎に置いて眺めていると、酒もあまり呑まなくなった今の自分にとっては、これが唯一の道楽かもしれないと思う時があります。

工房の焼失から早いもので8年目の夏を迎えました。人生を懸けて築いた城（工房）を失うという理不尽な仕打ちにもめげず、友人はあれから海外に拠点を移し、各大学を回り、焼き物の講義や作陶の指導をしています。

（二〇一八年　七月　岩手日報　ばん茶せん茶）

『運転は譲る心で』

私が苦労の末、車の免許を取得したのは臨時教師の時でした。盛岡在住でしたが、わざわざ出身地の石鳥谷町（現、花巻）の教習所まで通いました。冬休みや春休みを利用し、実地練習では車ごと雪の中に突っ込み、教官にしかられながらも春までになんとか仮免を取ることができました。

そして4月、久慈に赴任し、久慈の自動車学校で本免の試験に臨みました。3度も落ち、その度に路上練習（別料金）を繰り返しました。なかなか上達せず、さらにマネー不足で頓挫しそうになりましたが、7月頃なんとか合格しました。

一本木で筆記試験をして、免許を取得したのは八月、夏休みも真っ盛りでした。延べ十ケ月近くかかったので「子供なら、生まれるね」と、のちの妻に笑われたものです。

あれから45年。「ご老公」と呼ばれる年を迎え、今年の一月早々に高齢者講習会の通知が届きました。まだ半年以上も余裕がありましたが、早めに予約せよとあったので、3月に入りさっそく町内の自動車学校に電話しました。ところが、もう8月までいっぱいと聞いたときは正直うろたえました。年がいもなく慌ててあちこちに電話をしました。すると、花巻の教習所が、4月の終り頃なら大丈夫とのことで、胸をなで下ろしました。「地獄で仏」とはまさにこのことなのでしょう。困った時、いつも故郷に助けられているという縁を感じました。

高齢者講習会の日はあいにくの雨でしたが、ビデオの視聴、視力の検査、そして実地も脱輪やバックの失敗もなく無難にこなしました。一緒に乗った二人の高齢受講者の方たちも冗談を言ったり、その場を和ませてくれました。

年配の教官は経験豊富な方で、いろんなアドバイスと共に「事故に遭わないためにも譲る心を忘れないで下さい。それが一番です」とおっしゃっていました…自動車学校で昔、聞いた言葉でした。そのお陰で、この45年間、大きな事故もなく過ごしてきた気がします。

今も一車線で、うしろに大型トラックや急ぐ車が来たら、道路脇の空き地に早めに避難し、道を譲り、危険回避に努めています。まさに寄り道だらけの私の人生と同じです。

（二〇一九年　五月　岩手日報　ばん茶せん茶）

『母の一言』

紫波在住20年となり、縁起が良いと母にもらった苗木のヤツデも、大人の背丈ほどに成長し、手のひらのような葉を無数に広げています。そのヤツデを目にするたび、子どもの頃の母の一言が思い出されます。

盛岡の桜城小学校3年生の時でした。

「頭、悪くないんだって。だから勉強すれば大丈夫だってよ」と父母面談から汗だくで戻った母が、家にいた私に言ったのです。

私の知能検査の結果がクラスの上位だと聞き、母は相当、驚いたようです。その頃の私の成績はクラスでも最下位に近いレベルだったので、母が驚くのも無理はありません。

私は四歳ごろ疫痢にかかり40度を超す熱が3日3晩も続き、運よく助かりましたが、デパートに行けば、マネキンと一緒にポーズをとったり、「母さん」を「ターサン」と呼んだり、舌が回らず、父も母も高熱で頭がやられたと思っていたらしいのです。

にもかかわらず、母が家事の傍《かたわ》ら、私の行く末を心配して、学校に行ってくれたことは幸いでした。その時の母の「頑張れば大丈夫」の一言で、さっそく翌日から成績のいい生徒と友達になり、勉強に励むようになったのです。お陰で、4、5年生の頃には成績もクラスの中ぐらいまで上がりました。

母は千厩町に生まれましたが、年子の妹が生まれた後、実母が早くに亡くなるという家庭の事情で、花巻の祖父母のもとに引き取られ、必ずしも幸せな境遇とは言えなかったようです。しかし、その様なことは、おくびにも出さず、いつも明るく、おしゃべり好きな母でした。

結婚後は銀行員の父の転勤で、秋田、宮城そしてまた岩手と一家転住の日々だったわけですが、母は愚痴ひとつ言わず、いつも世のため、人のため、そして家族のためを謳《うた》い文句に、献身的な日々を送っていました。

子や孫の幸せを祈りつつ、父は5年前、母は9年前、黄泉《よみ》に旅立ちました。くしくも、父も母も祥月命日が同じ霜月（11月）です。

秋の深まりとともに、ヤツデの枝の先には、球状の小さな白い花がたくさん咲いています。その形状の花は慎ましく、家の前で遊ぶ子どもたちに優しく声をかけ、手作りのお菓子を振る舞う母の姿のようです。

（二〇一九年　十二月　岩手日報　ばん茶せん茶）

H 小説

春の水音《みずおと》

紅葉が色濃く野山を覆い、枯れ尾花の一群が幽霊のように、ゆらゆらと揺らめく頃になると、東北の地にも物思う季節が到来する。

暁《あかつき》山第二病院はそんな深まりゆく秋を彩る草木に囲まれつつも、何かを拒むように、ひっそりとその姿を横たえていた。そこには長期の慢性病患者が多く入院していて、中には近くの学校に通う小学生や中高生もいる。

「天は二物を与えず…と誰かが言ったらしいけど、本当かしら？　今年、高校二年になる本庄麻美が、すぐそばに座ってテレビを観ている同級生の森巻俊男に何気なく訊いた。三階の談話室には、他に人気はない。

「えっ、ずいぶん、難しいことを言うんだな。それが、どうかしたの？」

俊男は眼をぱちくりさせて、麻美を見た。

「だって、テレビに出てくるアイドルは、美人で声も良くて、おまけにスタイルもいいのよ。それに引きかえ、私なんか何も取り柄もなくって、健康にさえ恵まれていない。どうして神様は、こんなに不平等なのかしら…」

「そんなことはないだろう。麻美だって、見方によれば可愛い顔をしているし、胸だってけっこう豊かで女らしいところがあるよ」

「まあ、いやらしいのね。どこを見て言ってるの。それに、見方によっては、って失礼ね」

　麻美は俊男の横顔をおもいっきり睨んだ。

「そうじゃなくて、天は二物を与えず…っていうのは、結局は言葉の綾みたいなもんで、それを人によって、どう解釈するか…なんじゃないのかなあ」

　頭を掻きながら、俊男は麻美の機嫌を取り成すように言った。しかし、麻美はあいかわらず不満そうに口を尖らせている。

　俊男の身近にいる若い女性の中で、女の看護師さんたちは別にして、麻美は高二でもあるし、体つきも、もう大人で、女らしさを感じさせる一人だった。麻美は、表情に富んだどちらかと言えば、現代風の美人といった顔立ちをしているので、俊男にかぎらず、男子生徒たちに好かれていた。

麻美は、奥羽山系の山懐にいだかれた温泉街で育ち、彼女の両親は小さなホテルを経営している。頼みの父親は、一年ほど前に不慮の事故で半身が付随となり、原因もはっきりしないまま、寝たり起きたりという不自由な生活をしている。ホテルの切り盛りは、母親と彼女の姉の尚美でなんとか賄っていた。

麻美が体の異常に気づいたのは、中学二年になって間もないころで、近くの病院で検査を受け、その結果、腎臓障害の一種で腎炎と診断され、長期の療養が必要なため、すぐにこの暁山第二病院に回された。

一方、俊男は北上山地を車で二時間ほど分け入った小さな町の出身で、家は雑貨屋を営んでいる。両親と中学生の弟が一人いる。俊男は小学の頃から、アレルギー性の喘息のため町内の病院で治療は受けていたが、中学に入ってからはずっとこの病院の世話になっている。もともと彼の場合は、ハウスダストや家ダニが原因らしく、家に帰ると調子を崩すことが多かった。

「いつも仲良しね…」

皮肉めいた言葉を吐きながら、麻美と同室の葉月夕子が談話室に入ってきた。鼻筋のとおった神経質そうな表情に笑みを浮かべ、麻美たちの傍に座った。夕子は心臓疾患のため、唇が少し暗紫色になっている。

「ただ、テレビを観てただけよ」

ちょっとこわばった顔で、麻美がやり返した。さっきの会話がまだ尾を引いているようだ。

「でも楽しそうに話をしてたじゃないの」

夕子はたたみかけるように言って、意味ありげに笑った。それからテレビに視線を向けて「歌番ね」と言いながら俊男の方を見た。

俊男は、ひいきの女の歌手が出ているからか、画面に釘付けになっている。女同士の話にはまるで関心がないようだ。それに気づいた夕子は、つまらなさそうな仕草をみせて立ち上がった。

「さあて、寝ようかな。じゃあ、先に行くネ」

夕子は麻美に合図するように笑いかけ、手を振りながら出て行った。

消灯九時までの一時間は、入浴、トイレ、洗面…と、けっこう忙しい時間だった。そんな中、それほど病状の重くない麻美と俊男の二人は、よく談話室でテレビを観て過ごしていた。談話室には、テレビのほかに雑誌や新聞が置いてあり、誰でも利用できた。

病棟の二階は小学生、三階は中高生の病室になっているが、夜勤の医師や看護師は小学生などの子供たちの世話にかかりっきりで中高生病室の方にはちょっと顔を出す程度だった。

夕子が出て行った後、麻美は何気なく窓の方に眼をやった。外の所々に薄暗い電灯がともっていて、虫の鳴き声が時折、聞こえてきた。暁山第二病院の広い敷地には、外来を受け付ける病院本館と、それに併設されて建てられた入院患者専用の病棟が隣接している。

その病棟の裏庭は、広々としていて、草花ばかりではなく、たくさんの木々も鬱蒼と茂っていて、自由に運動したり散歩できる迷い道のような小道が方々にあった。外へ出る時、麻美は夕子を誘った。外に出ると、夕子は何が愉快なのか、お茶目な一面をさらけ出し、おどけて木の真似をしたり、藪の中に隠れて麻美を困らせたりした。夕子自身、病状的に運動制限のある身なので、余計、外に出るのが楽しかったのだろう。しかし、あまり遠くには行けなかった。と言うのは、散歩道がとぎれる辺りに、沼地のような湿地帯が横たわっているからだ。そして、その一帯には大小いくつかの池や沼が点在していた。

散歩途中、麻美と夕子はその沼地の池のそばまで来ると、いやでも思い出される事があった。それはつい先日、起きた出来事だった。

二人がいつものように連れ立って沼地の辺りを散歩していた時、一人での行動は禁止されているはずの小川文也という高二の癲癇の男子が突然、二人の前に姿を現わし、訳の分からないことを喚きながら、麻美たちの体に触ろうとしてきた。

思わず二人は「きゃー」と叫び、体をそらしたが、その弾みで、文也はよろよろと、すぐそばの池に滑り落ちてしまった。水の中に倒れ込んだ文也は、驚きの声を上げ、まもなく発作の痙攣を起こした。

「うー、わっわっわ…」と呻き声を発しながら、苦しんで暴れる文也を自分たちでは手の施しようがないと判断した麻美は、夕子をその場に置いたまま、助けを求めるために病院の方に走って行った。

そして、ちょうど文也を捜し回っていた今井秀子看護師と途中で会い、文也のことを知らせ、すぐにその場に戻ったが、その時にはすでに遅く、文也は水の中でぐったりしていた。人工呼吸の甲斐もなく、文也は息を吹き返すことはなかった。

癲癇患者の場合は、ほんのわずかな水溜まりでも溺れることがあり、過去にもちょっと眼を離したすきに、顔を洗っていた癲癇患者が発作を起こし、洗面器に顔を突っ込んだまま死んだケースすらあったという。だから、その時も看護師を呼びに行くよりも、麻美たち二人で力を合わせて、文也をすぐに池から引き出していれば助かったかもしれないと、暗に麻美たちを責める者もいた。病院側は、いろんな憶測には触れず、家族にも簡単な状況説明だけを行い、発作による病死として処理した。結局は、病院の方は体面を保てれば、それで良かったのだ。どっちにしても麻美たちにとっては、後髪を引かれる思いの出来事だった。

「麻美、どうかしたのかい」

俊男の声で、麻美は我に返った。いつの間にか歌番組も終り、そろそろ部屋に戻らなければならない時間になっていた。

「なんでもないわ。俊男君こそ随分、テレビに夢中だったじゃないの。やっぱり声が良くって、きれいな女の子がいいんでしょう?」

今まで物思いに耽っていたことをごまかすように、俊男をやり込めた。

「だって、夕子と何か話していたろう。邪魔すると悪いと思ってさ…」

俊男は、弁解がましく言って、急いでテレビを消した。そんな慌てぶりを見て、麻美はくすりと笑った。

「それより、さっき話をしていた『天は二物を与えず…』って本当か、二人でその証拠を調べてみない?」

麻美はそんなゲームのようなことをしてでも、今のこの憂鬱な気分を紛らわしたかった。

「そうだな……それも面白そうだな。早速、あしたから、一人ずつピックアップしてやってみるか」

何も知らない俊男は麻美の機嫌が直ったと思い、喜んで言った。

きょうも刑事らしき二人の男が病院内を歩く姿があった。院長室に入ったり、例の出来事のあった周辺を歩いたりして、散歩中の患者に何か質問をしている。

ついこの間、起きた文也の死亡原因の調査のようだ。病院の方は発作による病死として処理したが、文也の突然の死亡について、現場が池の中だけに、家族か親戚縁者の誰かが不審を抱き、警察に通報したのであろう。

前触れもなく、私服の刑事がやって来たのは、文也の死後、大分、経ってからのことであった。文也の実家での葬儀が終り、彼の荷物などもすでに家に送られ、とにかく一件落着と胸を撫でおろしていた矢先のことで、病院関係者やその文也の件に居合わせた者たちは皆、驚きの表情を示した。

最初は警察の方も一応、確認するだけということだったが、現場を見た刑事は人が溺れて死ぬような所ではないと思ったらしく首を捻った。

病院側から癲癇という病気について一通りの説明を受け、ひとまず了解したが、文也が溺れて死んだ時、一人ではなかったことと、事故の起きた場所は、深さがせいぜい三十から四十センチぐらいで、顔が水にでも浸っていない限り、命を落とすような所ではないという点で疑問が残った。

病院側の過失とまでは断言できないものの、散歩中、見失った看護師の責任などまったく無いとは言えなかった。また刑事の単なる勘ではあれ、誰かが悪戯をしたか、あるいは、文也をその池からすぐ救出せず、死に至らしめたとの推測もなされた。

それが事件性のあるものか否かははっきりしないが、通報者の疑問とも一致し、とりあえず、聞き取り調査だけは行うことになった。

文也が池に落ちて亡くなった時、麻美たちもその場にいたということで、看護師長が立ち会いのもとで、現場の池での麻美と夕子の聞き取り調査が行われたのは、今井看護師の事情聴取の翌日だった。

麻美たちがその池に行った時には、つるべ落としの秋の夕陽がもう空を茜色に染め始め、池の水面は風に吹かれ、寂しげに波立っていた。刑事の一人の古呂田刑事はベテランという感じで、髪を無造作に掻き上げ、いかにも刑事らしい風貌で眼が鋭かった。もう一人はインテリ風の若いのんびりした刑事である。

「文也君の死について納得のいかないところがあるものですから、二、三質問しますが、気を悪くしないで答えてください…まず、なぜ彼がこの池に落ちたのか教えてください」

古呂田刑事から型どおりの質問が発せられた。若い方の刑事は水辺にしゃがみ込み、それとなく土の状態を観察している。看護師長は何も言わず、じっと麻美たちを見ている。

「文也君があの時、急に現れて、何を思ったのか、ふざけて私たちの体に触れてきたんです。それで私たちは夢中でよけたんですが、その弾みで、彼、バランスを崩してこの池の中に落ちてしまったんです…」

麻美は、その時のことを思い出すようにゆっくりと答えた。

「それで、間違って彼の背中を押したりはしませんでしたか」

訊きたいのはその事だったのか…と、只の参考人の一人として呼ばれたと思っていた麻美は自分が疑われていることに内心ショックを受けた。確かに胸のあたりに少し触られた感触はあったが…かと言って、故意に彼を押した記憶はなかった。

「はっきりとは覚えていませんが…体がぶつかった程度だったと思います。私も夕子ちゃんも避けるのが、やっとでした。ねえ、夕子ちゃん」

同意を求めるように麻美は夕子の方を見た。

「そうだったと思います…」

夕子は小さな声で頷いた。

「でも、何故、こんな浅い所で、溺れるようなことになったのかどうも不思議なんですよ。すぐ、水から出そうとはしなかったんですか」

「溺れるとは思わなかったんです。それにあの時は、まだ水の中に座り込んだ状態でしたから…それより発作の方が激しかったので、私たちではどうすることもできなかったんです」

麻美は古呂田刑事の質問に戸惑いと不安をいだきながら答えた。

「それでは最初から体が全部、水に浸かったわけではないんですね」

初耳だというふうな顔つきをして、古呂田刑事は首を傾けた。若い刑事も怪訝そうに顔を上げた。

「あなたに何か、心当たりありませんか。麻美さんが人を呼びに行った後も、ずっと文也君のことを見ていたはずだから…」

古呂田刑事は麻美から、すぐ隣にいる夕子の方に視線を移した。

「さあ、……」

今度は自分が疑われているのかと、夕子は顔をかしげ、困った表情で下を向いていた。

「何でもいいから教えて下さい。黙っていられると、どうにも先に進まんのですよ」

古呂田刑事は、じれったそうに催促した。

「なんとかしてあげたいとは、思ったのですが…」

夕子は、やっとそこまで言った。

「それでは、何もしなかったと言うんですね」

「………」

ややきつい言い方をされ、顔をこわばらせている夕子を看護師長は心配げに見ていたが、おもむろに口を開いた。

「夕子ちゃんを責めてもしようがないでしょう。文也君も高校生ですから、体はもう大人です。それに衣服が水で濡れると、かなりの重さになります。まして痙攣を起こしている状態ではなおのこと、たとえ麻美ちゃんと二人がかりでも、助け出すのは無理だったと思います。とにかく、今回のことは、文也君が発作中に誤って水を飲んで呼吸困難になったと判断されたわけですから、この子たちには何の責任もないと思います。癲癇発作では自分で舌を噛んだり、何かを飲み込んで喉を詰まらせたりして死に至る場合もあります。いずれにせよ、発作による死亡原因はいろんなケースがあるんです。疑問の解明を急ぐ気持ちも分かりますが、ここが病院だということを忘れてもらっては困ります。これ以上、病人をいじめるようなことがあれば、逆に訴えますよ」

沈黙に耐えられなくなった看護師長は、厳しい口調で刑事たちに食ってかかった。刑事たちは堂々たる胸を突き出し、太って大柄な看護師長の凄い剣幕にやや驚いた表情を見せ、それ以上は追求しなかった。

たしかに最近は、患者や家族の疑問に答える姿勢や同意を得てから処置するなど、病院の方も変ってきてはいるが、病院内で起きたことについては、部外者がとやかく言うことでもなく、刑事と言えども医学の分野にまで立ち入るわけにはいかない。それに今のところ、もう少し真相を究明しない限り、事件として扱うかどうかすらはっきりしなかった。また事故的な要素があったと結論を出しても、その程度で果して通報してきた者が納得するかも定かでなかった。それに刑事としても、場所が沼地の池だけに、文也の死亡も単なる偶発的なものとは考えられなかった。

その裏付けがまだ為されていない状況で、看護師長とここで言い争っても益はないと考

えたのか、古呂田刑事は、いったん取り出した煙草を吸わずにまた煙草ケースに憮然とした表情でしまい込み、軽く会釈をして、

「それでは、きょうはこれで終りとします…ご苦労さんでした」

と言いながら悠然と、もと来た道を戻って行った。若い刑事も慌ててその後を追った。

夕陽を浴びた建物の影が、黒い怪物のように長く伸び、辺りはすでに薄暗くなっている。麻美はその時、遠くにかすかな二つの人影を見たが、それが誰なのか分からなかった。


部屋に戻った夕子は、こらえきれずに泣き出した。麻美は何故疑われるのか理解できず、怒りさえ感じていた。ちょうど夕食の時間らしく他のルームメイトの姿はない。

「本当に腹の立つ人たちだわ。テレビに出てくる刑事はもっと格好いいんだけど、現実には存在しないのね…病気の私たちの気持ちなんて、あの人たちには分かりっこないのよ。何も好きで病気になったわけじゃないわ。夕子ちゃんだって、そうよね」

麻美は夕子を慰め、悔しそうに唇を噛んだ。

「刑事もそうだけど、看護師長さんもひどいわ。師長さんは結局、病院の体面の方が大事

なのよ。何かと言えば、病気のことを口にして、私たちのことを思いやっているふりをしているけど、私たちをすぐ病人扱いして、澄ました顔をしているわ…私、それが悔しいのよ」

声を詰まらせ、夕子はベッドに俯し、涙を拭った。

「病気になれば、誰だって辛いことだし、できれば早く治したいと思うけど、すぐ治るものばかりではないわ。苦しい闘病の毎日を送らなければならないこともあるのよ。でも、こんな私たちだって、健康な人たちとどれだけ差があるというの。文也君を助けようとした私たちが、何故疑われなくちゃならないの?」

麻美は、ますます激昂した。

「怪しいと言えば、あの時、通りかかった竹彦君と広司君が、文也君に何かしたみたいだったわ…」

ふと思い出したように夕子がぽつりと言った。

「えー、竹彦君たちが…どうして、それを早く言わなかったの?」

麻美は、とんきょうな声を上げた。

「だって、まさか私たちが疑われることになるなんて、思わなかったんだもの」

「それで、あの二人、いったい…何をしたの？」

急くように麻美は訊いた。

「助けようとでもすると思ったら、なにか悪戯みたいなことをして逃げて行ったの。何をしたのか、よくは分からなかったけど…」

「助けるわけないわよ。文也君とあの二人、仲が悪かったじゃないの。よく喧嘩してたわ…」

あきれ顔で夕子を責めた。

「それは、そうだけど…」

夕子は、細面の顔を一層曇らせた。

「竹彦君と広司君も、文也君が死んでしまうとまでは思わなかったかもしれないけど…でも今の話が本当なら、その二人もただじゃ済まないわね」

考え込むように麻美はつぶやいた。夕子も黙って頷いた。さすがに動揺は隠せなかった。

複雑な思いを抱いたまま、麻美と夕子は夕食を食べに部屋を出た。もう外は夕闇に包まれていた。

刑事から、いろいろ訊かれたその日の夜、談話室では、麻美が珍しく一人でテレビを観ていた。俊男は長風呂でもしているのか、なかなか姿を現わさない。夜になると、何事もなかったかのように時が流れていくが、麻美は、刑事とのやり取りが忘れられず、眼は機械的にテレビの画面を追っているだけだった。

「ああ、いい湯だった…」

短く刈り上げた頭を拭きながら、俊男が気持ち良さそうな顔をして談話室に入ってきた。ひょうきんな鼻にも汗をかいている。

「……」

俊男から、労いの言葉の一つも心待ちにしていたのだが、期待外れで、麻美はわざと知らん顔をしてテレビを観ていた。

「何を観てるの? なーんだ、クイズ番組じゃないか。つまんねーな。他に何かおもしろいの、やってないの?」

俊男は麻美の虫の居所も知らず、勝手なことを言っている。

「うるさいわね。後から来て、文句、言わないでよ」

「何、怒っているの…ああ、そうか、そう言えば、きょう、文也のことで、刑事にいろいろ訊かれたんだって?」

「あら、知ってたの? それがね…何故か、私と夕子ちゃんが疑われているみたいなの。どうも、文也君の死因について、警察の方で不審を抱いているらしいのよ」

麻美は、俊男の言葉に機嫌を直し、誰かに話さずにはいられないという風に大きく眼を見開いて言った。

「それはそうだよな。あんな所で溺れるなんて、俺だって信じられないよ」

「俊男君も疑っているの? 私たちのこと…」

むっとした顔をして、麻美は俊男の腕を思い切りつねった。

「痛てっ、何するんだよ…俺が疑うわけないだろう。それより、竹彦と広司が、きょう部屋で何やら訳の分からんことを話していたよ。ヤバイことになりそうだとか、なんとかしなければとか、俺が戸口で聞いていることにも気づかず…いったい、なんのことだろうな？　もしかして、奴らも今回の事に何か関係しているのかな…」

　俊男は、しきりと首を捻った。

「やっぱりね。もしかしたら、その二人も、一枚、噛んでるかもしれないんだけど、はっきりしないのよ」

　麻美は俊男の話を聞いて、ますます彼らに不審を抱いた。

「文也に死神でも乗りうつったんだよ。きっと、誰のせいでもないと俺は思うけど、どうして、そんなに騒いでいるのかなあ……」

　テレビに眼を向けながら、俊男は呟いた。

「私も助けが遅れて、不幸な結果になったんだと思っていたんだけど、もし別な原因があるとすれば、はっきりさせないと、文也君も浮かばれないわ…」

「と言って、俺たちがどうこうしても、文也が生き返るわけじゃなし、無駄なことじゃないのかい」

「そんなこと言って、もし立場が逆だったらどうするの？　あなただって、悔しいと思うでしょう?」

麻美は、少し強い口調で俊男をたしなめた。

「それは、そうだけど…それは死後の世界があれば…の話だろう。それより、竹彦たちも何かやらかしたのかなあ」

心配そうな顔をして、俊男は麻美を見た。竹彦と広司はまだ中学生だが同じ喘息の仲間であり、俊男にとっては弟分のようなものだった。喘息の患者はみんなで、毎朝いっしょにランニングや乾布摩擦などをしている関係で、結構、仲が良かった。特に俊男は先輩格であり、面倒見もいいので人望があった。

「きょう、夕子ちゃんに訊いて、私もびっくりしたんだけど、彼らも現場にいたらしいのよ…でも、このことは他の人には黙っていてね。あなたの話が裏付けになるかもしれないわ。ありがとう」

俊男は礼まで言われ、きょとんとしている。

「とにかく竹彦君と広司君にも、それとなく訊いてみないと分からないんだけど…あの二人、一筋縄ではいかないから困るのよねぇ」

腕を組んで、考え込む麻美を見て、俊男は訝しげな表情のままテレビの方にまた視線を移した。二人の困惑をよそに、テレビでは相変わらず賑やかなクイズ番組が続いている。しばらく、ぼんやりとテレビを眺めていたが、思い出したように俊男が言った。

「ああ、ところで、麻美、例の『天は二物を与えず…』ってやつを調べてみたかい？　俺は、何人か検討してみたよ」

ニヤニヤしながら俊男はズボンのポケットから紙切れを取り出し、そして、おもむろに読み出した。

「まず看護師長さん…胸もお尻も立派だけど、美人とは程遠いな…次に今井看護師さんは美人だけど、ちょっと胸が寂しい…それから中高生担当の前橋看護師さんは、少し太目だけど…」

「ちょっと待ってよ。どうして、そう、女性の体にばかりに集中するわけ…もう少し、なんとかならないの？」

麻美はあきれたと言わんばかりに俊男をやり込めた。俊男は出鼻を挫かれ、口をぽかーんと開け、決まり悪そうに紙をポケットにねじ入れようとした。

「何もそう頭ごなしに言わなくてもいいだろう。これでも一人一人よく観察してみたんだよ。ところで麻美の方はどうなんだい？」

気を取り直して、俊男は麻美に訊いた。

「私は、いろいろ忙しくて、まだだけど…」

と言って、麻美はぺろりと舌を出した。

「なんだよー、俺のことばかり責めて、ひどいじゃないか。やってみようと言ったのは麻美の方だろう」

「ごめん、ごめん…そのうちにやるから、堪忍して」

珍しく麻美は下手に出たが、俊男は本気で臍《へそ》を曲げたようだ。しかし、小さい頃から発作で、何度も死に目に遭ったとは思えぬ俊男の無邪気に怒った顔を見ていると、心のもやもやが何時の間にか吹っ切れるから不思議だった。


次の日、麻美と夕子は学校から帰ると一階の談話室にすぐ来るように、と突然、看護師長から呼び出しがかかった。なんだろうと急いで行って見ると、そこには例の刑事ふたりがいた。麻美たちが入ると、看護師長は何も言わず、さっさと出て行った。

一階の談話室は、二階、三階の談話室と違って、医師や看護師が打ち合わせや会議に使うだけなので、長机と椅子が整然と並んでいる他に何もなかった。だから刑事ふたりと向かい合っていると、麻美自身まるで取り調べ室にいるような錯覚に襲われるのだった。

「実は昨日、署に戻ったら、君たちが文也君をあの池に突き落とすのを目撃した、という電話がありましてね…電話をしてきたのは、おそらく病院内のことを知っている者ではないかと思うが、名前は言いませんでした。その話の内容と、君たちの話と食い違うところがあり、警察としても、君たちにも、もう少し詳しく訊きたいんだが…」

と言って、二人の顔をまじまじと見た。

「………」

麻美も夕子も呆気に取られ、言葉が出なかった。

「病院の方も、もうこうなった以上、警察に任せると言っているが…どうだろう、何もかも正直に話してくれないかね」

ふたりが黙していることに、頓着せず淡々と語る古呂田刑事は憎いほど冷静だった。

麻美は、電話の主が竹彦たちだろうと察しはついたが、今更じたばたしても、これだけ疑いをかけられた以上、弁解も難しいと思った。たぶん竹彦たちは、自分たちのことを何処かで見ていたのであろう。とすれば、彼らが文也に悪戯した可能性も否定できない。彼らが、今回のことに関与しているのは、間違いないようだと、麻美は改めて事の重大性を感ぜざるを得なかった。

それにしても今頃になって、自分たちに刑事の眼を向けさせようと電話までする武彦と広司を麻美は心憎いと思った。

今井看護師さんが患者を連れて散歩中、他の患者の介抱をしているうちに、文也が一人でいなくなったのだと後で訊いたが、とすれば文也を見失った看護師の責任もないわけではない。

一人の通報者のお陰で、文也の死亡の原因が単なる病死ではなく、不慮の事故であったと同時に、人為的な要素が付随しているとすれば、事件として取り扱われるかもしれない、と麻美は感じた。

「突き落とそうという気はなかったかもしれないが、結果として、そうなった原因が君たちにもあることは認めるんだね…」

プロの刑事の巧妙な質問に麻美も夕子もただ頷くしかなかった。

「問題はその後のことなんだが…ところで、夕子さん…彼が死に至るまでの様子をもう少し、よく思い出して話してくれないかな」

きょうは看護師長もいないからか、刑事の方も遠慮がない。

「発作がだんだんひどくなり、大分、苦しがっていましたが、私には何もできませんでした。前にも、このことは言ったはずですが…」

しばらくして夕子は真剣な眼差しで、きっぱりと言った。

「君は、やはり…何もしていないと言うんだね？」

念を押すように古呂田刑事は上目遣いにちらりと見た。

「はい」

夕子は大きく頷いた。きょうの夕子はおどおどしながらも、自分の気持ちを隠さず伝えようという態度が見られた。

「しかし、そこが、どうも分からんのですよ。誰かが、文也君の体の向きを否、顔の向きを変えたとしか考えられないんだが…残念ながら…文也君に訊くわけにもいかんしねぇ…」

古呂田刑事は、皮肉な笑いを浮かべた。その傍で、若い刑事は、しきりにメモを取っている。夕子の顔が心持ちこわばるのと同時に、麻美の方もむっとした表情に変わった。

「今更こんなことを言っても信じてもらえないかもしれませんが、実は、夕子ちゃんの話では、私が看護師さんを呼びに行っている間に中学生が二人、現場を通りかかって、文也君に何かしたみたいなんです。でも、その子たちに確認したわけじゃないので、はっきりとは言えませんが…」

こらえ切れず、麻美は口を開いた。一瞬の間、不気味な沈黙が続いたが、古呂田刑事は鋭い視線を麻美と夕子に向けたまま、それ程、驚いた様子は見せなかった。おそらく例の電話との関連から、すでに何かを感じ取っていたのであろう。

「そういう事実があったのなら、何故、もっと早く言わなかったのかな…何故、君は、そのことを黙っていたのかね？」

古呂田刑事は、夕子に落ち着き払った口調で訊いた。

「……」

下を向いた夕子の顔は蒼ざめていた。

「警察としては、ほんのちょっとした事でも話してもらわんと困るんですよねぇ…ところで、その二人は、文也君にいったい何をしたと言うんです?」

古呂田刑事は、改めて夕子に訊いた。

「ちょっと悪戯したみたいなんです。でも、ちょうど文也君がその二人の陰になっていたので、よく見えなかったんですが、軽く叩いたり、小突く程度だったと思います…」

夕子は、戸惑いながら答えた。

「具体的にどうこうしたというところまでは、分からんのですね。もし、それが誘因となったとすれば、死亡原因の謎が一つ解けることになる。もっとも、彼らが、否定すれば、それまでだが…しかし参考までにその中学生の名前を訊いておこう」

「一人は竹彦君で、もう一人は広司君と言います」

恐る恐る、しかし麻美は早口に答えた。

「タケヒコ君とコウジ君だね…」

古呂田刑事は納得したように頷きながらも、腹の中では何もかも見通しているぞ、という顔付きで、メモを取っている若い刑事にちゃんと書いておくように指示をした。

「いずれにせよ、ここで結論は出せんが、誰でも、自分が危うくなると、他人のせいにしたがるものでねぇ。何も君たちのことを言っているわけではないが…しかし、事実は一つしか無い。そこが難しい所なんだよねぇ…」

一方的とも言える古呂田刑事のペースで、話が進んでいることに気付いた頃には、もう麻美たちには為す術がなかった。

「問題は文也君の死因について、その直接の原因となったものが、いったい何なのか、これからもう少し詰めていかないとならんが、君たちももう一度、よーく、考えてみてくれたまえ…」

古呂田刑事は謎めいた言葉を吐き席を立った。そしてそれじゃあ、またね、と言いながら若い刑事といっしょに部屋を出て行った。


それから三日後、小さな見出しではあったが、『暁山第二病院にて不慮の事故死か』として、地元の新聞に文也の記事が載った。

「暁山第二病院の敷地内の池で、十一月某日午後三時頃、癲癇の男子（高二）が、不慮の事故で死亡していたことが判明した。過失か事故かまだ究明されていないが、病院側は単に発作による『病死』として届けている。その後の調査で、死亡した過程に不審があり、病院及びその関係者へ疑いの眼が向けられている。また、その時、現場に居合わせた二人の女子高生とのトラブルが原因との説もあり、その方面からも現在、調査中である。なお現場となった場所が沼地の池であり、溺死となれば、病院側の管理責任も問われることになりそうだ」といった内容のものであった。

まさか新聞沙汰にされるとは思っていなかった病院側は、あまりに突然のことでしばし騒然となった。病院の事務長が新聞社に問い合わせた所では、例の通報者からすでに何度も電話があり、無視するわけにもいかず、警察からの情報を基に、事故か単なる病死かの概略だけは報道せざるを得なかったという解答があった。

看護師長がすぐ病院長室に呼び出され、ひどく叱られたとの噂が流れ、次は自分たちに飛び火するのでは…と、さすがの麻美も首をすくめた。しかし、麻美たちまで呼び付けられることはなかった。気になるのは、警察の動きだったが、案の定、記事が出た翌日、古呂田刑事が例の若い刑事を引き連れてやって来た。

一階の談話室に麻美と夕子が早速、呼ばれたが、今度は、看護師長もいっしょだった。院長に必ず立ち会うように言われたのか、大分、離れた所に無表情で座っている。麻美たちが席につくか、つかないうちに、

「やあ、いつも済まんねぇ。ところできのうの新聞は見たかな?」

古呂田刑事は渋い顔ながら、快活さを混ぜ、二人に声をかけた。

「実はねぇ、あの電話の主が分かったんだよ…警察の方で、その録音をこの病院の看護師さんたちに聞いてもらったら、なんとか見当がついてね…もちろん君たちの情報も役立ったんだが、確かめてみたら二人とも驚いて、すぐ素直に認めたんだよ。その二人というのは、君たちが言っていた、あのタケヒコ君とコウジ君なんだけどね…それで、いろいろ訊いてはみたんだが…」

古呂田刑事は看護師長を無視して勝手にしゃべり始めた。余程、自信があるのか、時々、麻美たちの顔を見てはにんまりしている。

「その子たち、何と言ってましたか」

麻美は、期待と不安の入り交じった心持ちで尋ねた。夕子もそばで息を殺して、じっと聞き耳を立てていた。

「麻美さんが、誰かを呼びに行った後、はっきりとは分からなかったが、夕子さんが文也君に近づいて何かしたみたいだったと、言うんですよねぇ…私も正直、困っているんです。物的証拠があるわけじゃないからね。君たちは、その二人がやったんだと主張するが、彼らは、そうじゃないと言う…その二人の話をすべて鵜呑みにはできないが、文也君の無念を晴らすためにも彼の死亡の原因を明らかにしなければならないと思うんだが…」

いつの間にか、古呂田刑事の顔からは笑みが消え、真顔になっていた。

「私は、何もやってません」

日ごろの彼女とは思えぬ程、大きな声で夕子は叫んだ。眼には涙が溢れている。

「しかしね、彼らは文也君のそばには行っていないって、言ってるんだ。遠くで見てただけだとね…とすれば、現場にいたのは、君たちだけということになるんだよ」

麻美はこれはもう駄目だ、と眼を閉じた。いつもなら、ここら辺で口を挟むはずの看護師長は、何も言わずただ顔を蒼白にしているだけだった。しばらくして、古呂田刑事が口を開いた。

「病気の君たちをここで、すぐ署に同行というわけじゃないから心配せんでいいよ。しかし、あくまでも、文也君の死が単なる病死ではなく、少なくとも、人為的な過失が、原因ということにはなりそうだな…それを一つに絞ることは不可能だとしても、現場に居合わせた君たちや監視役の看護師に何ら非はない、というわけにはいかんだろうね…とにかく署に帰って事の子細を報告し、署内で専門家などとも協議してから、後日、病院の方に連絡することになると思う。それじゃあ、また…」と言いながら、古呂田刑事は席を立った。

　刑事たちが帰った後も、夕子はさめざめと泣き続けた。麻美は、夕子を慰める言葉もなく、いつまでも彼女の手を握りしめていた。気がつくと、何時の間にか看護師長の姿はなかった。


　物事は、自分たちとは裏腹な方向へと展開し、季節は麻美の辛さを増すかのように、確実に冬へと向かっていた。警察から疑いをかけられてから一週間が過ぎ、いつ呼び出しがあっても不思議はないと、思うと麻美は不安だった。

寒々と雲が垂れ込める朝、文也の死亡現場となったあの沼地の池に一人立つ麻美の姿があった。麻美は来年こそ是が非でもここを退院し、家に帰るつもりでいた。病状も安定してきたし、家の事情を話せば担当の医師も考えてくれるだろうと思っている。そんな思いを抱いて、漂う冷気を頬に感じながら、広々とした沼地の一帯を麻美はじっと眺めていた。

毎年、春になるとこの沼地の残雪の下を雪解けの水が流れる。その音を聞く度に麻美はああ今年も無事に春を迎えることができたと、大きく深呼吸をして喜ぶのが常であった。

しかし、ついこの間、ここで、あえなく死んでいった文也はもう春の水音を聞くことはできないのだ。それを思うと、麻美の胸に切なさが込み上げてくるのだった。それが人の運命だと言ってしまえばそれまでだが、彼の死をめぐって、一つの波紋が別の波紋を呼び、とうとう自分や夕子にまで疑惑が及んだ。

夕子はあれからずっと口をつぐんだままだ。自分はともかく、このままでは彼女があまりに可愛そうだ。一度、竹彦たちに話だけはしてみないと…そうでもしなければ、気がおさまらない、と麻美は、きっとした表情で曇天の空を見上げ、そして病棟の方に歩きだした。

ちょうど病棟の入口にさしかかった辺りで、ばったりと俊男に会った。早朝ランニングの後か額に汗を掻いて、いやにニヤニヤしている。無視して行こうとすると、

「おい、ちょっと待てよ」と、俊男の方から声をかけてきた。

「どうかしたの?」

麻美はうるさそうな表情で立ち止まった。

「竹彦たち、とうとう白状したよ。文也に悪戯したのは自分たちだと認めたんだ。いつか、いじめられた仕返しだったらしいが…まさか、あんな一大事になるとまでは思ってもいなかったようだ」

俊男は自慢げに小鼻をぴくぴくさせている。

「よーく、あの子たち、正直にあなたに言ったわね。どんな手、使ったの?」

つい何日か前に俊男に自分たちの窮状を打ち明けたばかりだったが、麻美は信じられないという眼で俊男を見た。

「うん、さっき奴らがもう安心だとか、なんとか話をしているのをトイレで偶然、聞いたんでな…いい機会だから、何の話だ? と問い詰めたんだ。そして、いつまでも、他人に

罪を押しつけていると、そのうち文也が化けて出るぞって、脅してやったのさ…でも、よく考えてみろよ。あの事故現場の近くに自分たちも居たことを警察にまでしゃべっているんだ。それに夕子ちゃんが彼らの悪戯を見ているわけだろう。それを俺が突いたのさ。そして、これ程、言っても白を切ると言うのなら、今からお前たちを死ぬほど、ぶん殴ってやると言ったら、もう顔色まで変えてな…観念したというわけさ」

「そう、ありがとう。私もあの子たちに一度話をしようと思っていたんだけど、私じゃあ、たぶんうまくいかなかったかもしれないわ…夕子ちゃんも、きっと喜ぶわね」

麻美の眼に涙が浮かんだ。

「それにしても、俊男君、顔はまずいけど頭はいいのね」

「それって、褒めてるつもりかい。まっ、いいか。天は二物を与えず…て言うからな」

俊男はわざと真面目な顔をして言った。

「はっはっは…」

そんな冗談を言いながら、麻美と俊男は、声を合わせて笑った。

それから病院に戻り、事のあらましを朝一番にまず看護師長に知らせた。看護師長はしばし困惑の表情を示したが、まもなく了解し、すぐに竹彦たちを呼んで確認をとった。それから病院長の許可を得て、看護師長は事務長に頼んで、警察の方へ連絡を取ってもらった。

その日のうちに、麻美たちが学校から帰る頃には、古呂田刑事と若い刑事が来ていて、すでに竹彦たちの事情聴取も済んでいた。

麻美たちの言っていたことなどと合わせ、事故が起きてからの経緯など、ほぼ了解したことを告げた。しかし病状の件や現場の状況について、専門家のさらなる分析も必要なので、改めて事件か事故かなど後日、知らせるとのことだった。そして今回の警察への協力に対し、感謝を述べ戻って行った。

その晩、改めて竹彦と広司は、自分たちが嘘を言ったことを俊男が見ている前で、麻美と夕子に謝った。刑事の姿を見て、怖じ気づいたことや夕子に罪を押しつけた後、何時ばれるか、怖かったことを素直に話した。しかし、文也が本当に溺れるとは思っていなかった、と二人とも涙ながらに悔やんでいた。

その後、警察の方からは、『中学生両名（竹彦、広司）の疑念が、最初から、まったくなかったわけではないが、事の解決を急ぐあまり、結果的に葉月夕子さんに疑いをかけた形で終了しようとしたことについては、大変、申し訳なく思っている。古呂田刑事から、提出された中学生二名の調書と今井看護師そして麻美さんと夕子さんの証言などを照合し、さらに医療関係者の意見から中学生らの悪戯も小川文也君を溺死させるほどのものではないと判断された。あくまでも発作が悪化し、水を誤飲したことが直接の死因という検証結果だが、悪戯をした中学生両名には、それなりの厳しい注意を病院側からしていただきたい。当面、ご遺族からも正式な訴えが出ていないので、警察としては事件としては扱わない方向性で処理する方針である。癲癇発作の場合、応急処置など、それなりの知識がないと介抱は危険なので、現場にいた麻美さんらを責めることはできないと考えている。

なお、今回の事の発端については、不運とは言え、文也君が池に転落して、発作をおこし、もがいているうちに水死という事故的な要素も否定できないので、病院側には今後、同様の事故が起きないように柵の設置や看護師の配置など、管理の改善を通告する形で事の決着をはかりたい』と、文書で知らせがあった。

病院の方も、なお一層の改善努力をすることを約束し、文也の遺族に対して、お詫びの姿勢を示すと共に、警察にもその旨を伝達した。それから竹彦たちにも、病院長自ら、厳重な注意をした。

警察から連絡があった日、三階の談話室で、看護師長は俊男と麻美、夕子にその事を伝えた。そして、いろいろありがとうね、と言って出て行った。

看護師長がいなくなった後、三人の顔には、胸のつっかえが取れたような安堵の色が浮かんでいた。麻美にとっては、今回のことは大きな教訓であった。人間社会を生きていく限り、たとえ病院でも一つのルールがあり、それに従って生きていかなければならない。

特にも入院生活を送る病気を持つ自分たちには、闘病という天から与えられたもう一つの試練さえある。しかし、どんな時でも、病人だからという甘えを持ってはならないことを思い知らされた気がした。そして、彷徨いながらも、自分の生きる道は自分で探し求めていかなければならないのだ。そうすることによって、人は生きる意味を見い出すのだろう…と、麻美はしみじみと思った。

「どうやら私たちの疑いも晴れたみたいね。正しいことをしていれば、いつかは報われるんだわ。神さまはすべての人に平等なのよ。やっぱり、天は二物を与えず…て、本当かもしれないね」

麻美は、俊男と夕子の顔を代る代る見て頬笑んだ。

「何、それ？　むずかしいこと、言うのね」

そう言って、夕子は首を傾げている。

「はっはっ、俺たちの合い言葉さ。その『天は二物…』の研究をこの間は俺が発表したから、今度は麻美の番だからな。忘れるなよ」

「分かっているわよ…でも俊男君のは下品だから困るのよ」

「何を言ってるんだよ」

「だって、そうでしょう…」

俊男と麻美の言い合いがまた始まったとばかりに、あきれ顔で眺め、笑いをこらえて見ている痩せた夕子の頬に涙が光っていた。


（了）

山稜にこだまして

山の峰に浮かぶ雲をながめたり、山稜を吹き渡る風の音を聞きながら、山間《やまあい》に生活していると、静かな時の流れを感じることがある。特に休日など、のんびり眼を覚まし、寝そべってぼんやりしているのが、角倉竜二は好きだった。しかし、ふと、竜二はきょう女子生徒二人と、茸採りに行く約束をしていたことを思い出し、寝起きのしぶい眼をこすり起き出した。歩きまわるのが億劫な竜二も、最近とみに大人びてきた神崎朋代がいっしょだと思うと、気分が浮き浮きするのだった。

竜二は大学卒業後、高校教師として何年間か、県中央の高校で勤務し、その後、この北上山系の奥深い山村にある分校に赴任して、もう三年になろうとしている。昭和四十八年に起きたオイルショック（石油危機）から、すでに数年の歳月が経ち、経済界の方もやっと落ち着きを取り戻していた。社会情勢や景気不景気に左右されるのは、何も中小企業ばかりではなく、分校や小規模校もその度に統合や廃校といった運命にさらされることがある。竜二の分校も数々の試練を乗り越え、生き残った分校の一つだった。竜二は体育の教師で、柔道部の顧問でもある。高校、大学と、柔道部員として修行を積んだ竜二は、髭面で体格もよく、厳つい風貌をしているが、茫洋とした性格で優しいところもあり、生徒たちには慕われていた。

秋の一日、生徒達と約束した日は快晴だった。もう陽はすっかり姿を現し、下界を見下ろしている。風は山を越えて吹き、森や林はガサゴソ何やら不気味な音を立てている。竜二は、朋代と彩子の二人とアカマツの林が見える山道で落ち合った。

朋代は顔立ちも良く無邪気な性格で、クラスの男子には人気があった。背丈は竜二の肩を越すほど伸びていて、きつめの運動着は女性美の輪郭を示しつつある。もう一人の彩子も朋代に劣らず、野良仕事で鍛えた足腰は女性らしさとたくましさをそなえている。

俗にキノコ山と称される山は踏み迷う心配はない。しかし、ここの山では以前、若い女が首を吊って死んだという…いわく付きの所でもあった。その事を念頭に置き、三人は雑草や低木のまばらな地帯を選び、足元を見たり付近をうかがい注意深く進んだ。

しばらくは一緒に茸を探しながら歩いていたが、それぞれ好き勝手に歩き回ることにした。

「じゃあ、先生も頑張ってね。松茸みつかればいいね」

朋代が竜二に声をかけ、熱い視線を送っている。

「朋代ちゃん、大好きな先生といっしょに採ったら…」

「いやだー、だって、ここの山の神は嫉妬深くて怖いんだってよ」

朋代は、冷かすように言う彩子をたたく真似をした。

「朋代たちも、頑張れよ」

そんな二人の快活さに誘われ、竜二は大声で笑った。

「うん、よーし、見つけるぞ」

二人は力こぶをつくる仕草をして気合を入れ、冗談を言いながら、竜二を置いて、鬱蒼（うっそう）と茂る藪の中に入って行った。

二人が居なくなると、竜二は、何かしら背中を冷やりとしたものが滑り落ちて行くような気がした。山の中にいるせいか、何故か、えたいの知れない不思議な力を感じるのだった。

そのとき後の方でカサリと音がした。驚いて振り向くと、いつの間にやって来たのか、近くにリュックを背負った登山服の若い女性が立っている。

「お精が出ますね」

深く帽子を被り半分顔が隠れているが、鼻筋の通ったかなりの秀麗な美女であった。

「はあ、どうも」

ごくりと生唾を飲み込み、竜二も頭を下げた。すると、その女はニコリと笑い、朋代たちとは反対の山道の方に消えて行った。

何故、あんな美女が今どき現れたのか気になったが、そんな思いを振り払うように竜二は松茸をさがした。しかし、アカマツの林の中をいくら見ても松茸らしき姿はついに見当たらなかった。

竜二は松茸をあきらめ、時間がたつのも忘れ、朋代たちに負けまいとあちこち歩き回り必死で茸をさがした。傾斜がなだらかとはいえ、枯れた草や腐った葉を踏みながらの歩行は困難をきわめた。堆積した落葉にときどき履いている長靴がめり込み、足を取られた。

あまり収穫がないまま、時間だけが過ぎていった。示し合わせた山道にやっとのことで辿り着いた時には、すでに二人は草むらに腰をおろして休んでいた。

「先生、遅かったね。茸採り、よっぽど好きなんだね」

朋代がいち早く、竜二を見つけて微笑んだ。

「ほんとだ。でも、汗だくっていう感じだよ」

次に気付いた彩子が腰を上げた。そう言う彼女も汗で顔が光っている。

「先生、松茸は？」

朋代は竜二の籠の中を覗き込んで訊いた。

「うん、見つけるには見つけたが、あんまり小さかったんで採るのを止めたんだよ…」

松茸を取り損なった竜二は、冷や汗をかきながら言った。

「本当に？」

彩子は信じられないという顔つきをした。

「さあ、昼飯にするか…食ったら帰るぞ」

竜二は、話をそらすように言った。すると、二人はそれに賛同するように弁当を広げた。

朋代は大きな握り飯を竜二に手渡した。彩子は卵焼きや漬物の入った弁当箱を差し出した。

「やあ、わるいな。じゃあ、いただくよ」

握り飯を手に取り、竜二は美味そうに頰張ばった。

「あとで、先生の所に松茸を持って行くね」

そんな朋代の言葉も耳に入らぬかのように、竜二は卵焼きを摘んだり、ひたすら食べた。

太陽はもう高い所まで昇り、竜二たちを温かく包み、アカマツ林の疎林を透かして深い影を落としていた。


茸採りから帰った竜二は大分汗をかき、体中が痒かった。早速、風呂を沸かし、汗臭いシャツを脱いだ。それから湯舟にどっぷりとつかり、ざぶんと顔を洗った。やれやれと、やっと生き返った心地がした。それにしても茸狩りも甘く見ると、とんだ目に合う。汗だくで歩きまわった揚げ句、松茸を採らず終いとは情ない…しかし汗をかいたあとの風呂は気持ちがいい。これが醍醐味というやつかな…それにしても、あのとき会った女は何者だろう。確か手に花を持っていたようだった。ただの登山者とも思えぬが…と考え込んでいた。すると、

「先生！」

戸口の外で女の声がした。

「はて？」

誰だろうと、思う間もなくガラッと脱衣場の戸が少し開いた。

「風呂に入ってるの？」

その声は朋代だった。

「なんだ、朋代、何時の間に入ってきた」

あまりに咄嗟なことで、竜二は少々うろたえた。

「呼んだけど、返事ないから…松茸、持ってきたよ。彩ちゃんも来てるよ」

「そうか…とにかく、ちょっと待ってろ…今、上がるから」

竜二は困惑の表情を見せながらも、やっと言った。

「もう上がるの。じゃあ私、次、入る。茸採りで汗かいたから。タオル持ってくる」

朋代は、戸を閉めてパタパタと玄関の方に走って行った。

「えっ？」

驚きの声を上げ、竜二は洗い場に立ち、大急ぎで体を拭いた。あの様子だとすぐにまた戻って来そうだったからだ。大ざっぱに体を拭き、脱衣場で竜二は下着を穿き、ゆかたを羽織っていると、待ちかねていた朋代がガラッと戸を開けた。

「あっ、もういいの」

朋代はそう言うなり、竜二がいることなどお構いなしに服を脱ぎだした。脱ぎかけたTシャツの下から、白い肌があらわに見え、それを見た竜二は、慌てて廊下に飛び出し戸を閉めた。

「まったく呆れた奴だ…」

ぶつぶつ言いながら、台所の冷蔵庫からカンビールを取り出し、ついでにそばの一升ビンの日本酒も手に下げ、竜二は居間に入って行った。

居間の中で、彩子は食卓にキウリ漬や沢庵を盛った皿を並べていた。茸の煮物もそえてある。居間は六畳の広さで、そのすぐ隣が台所であった。窓ぎわの小机の上には朋代と彩子が持ってきてくれた菊の花が花瓶に入れて飾ってある。

「あれっ、先生、もう上がったの…朋代ちゃんは?」

竜二がカンビールと一緒に一升ビンを下げて入ってきたので、彩子は気をきかせて、コップを竜二の前に置いた。運動着をそのまま着込み、顔は洗って来たのかテカテカしている。

「今、風呂さ入ってる。俺が上がるか上がらないうちに入ると言い出して、びっくりしたよ」

竜二はコップに冷えたカンビールを注ぎ、一口呑んだ。

「私たちは小さい時から、親とか兄弟といっしょに入ったり、もらい湯をしたりするから、男も女もあまり気にならないけど、先生ならびっくりするよねえ」

彩子は、クスっと笑って口を押さえた。

「今でも、そうなのか」

「私…高校生になってからは、風呂には、だいたい一人で入ってるよ」

彩子は曖昧な答え方をした。

「うん、そうか…それはそうだろうな」

竜二もこの地方にはまだ、もらい湯という風習があることを知っていた。三日に一度、風呂に入れる家はまだ良い方で、汗をかいたからと言って、その日のうちに風呂に入れるとは限らないらしい。だから近所の家で、風呂を沸かしたと聞くと入りに行くこともあるという。あとは、竜二もあまり、しつこく聞かず、茸の煮物を食べながら、彩子と他愛ない話をしていた。

しばらくすると、朋代が風呂から上がり、汗を拭きながら居間に入って来た。見ると、上着は付けず、白いワンポイント模様のTシャツ姿だ。

「ああ、いい湯だった…先生、今、松茸、焼いてやるから」

朋代は茶目っ気たっぷりに笑って、台所に行き、かたこと始めた。少しすると、網で焼く松茸のいい香りが漂ってきた。

コップのビールをチビチビ呑んでいると、焼き上がった薄く切った松茸を皿に盛って、お盆に乗せて持ってきた。竜二は、ほんの少し醤油をつけて口に運んだ。

「美味いなあ」

「一本焼きをしたこともあるけど、焼くのに時間かかるから…」

朋代も一つ、つまんだ。彩子もすかさず味見をした。

「茸採りをして、汗かいて、一風呂浴びて…こんな美味い物も食える。きょうは本当にいい日だったな」

竜二にすれば珍しくしんみりとした口振りだった。そんな竜二を見て、朋代と彩子は顔を見合わせ嬉しそうに微笑んだ。

「私たちも楽しかったよ。ねえ、彩ちゃん」

朋代も同調するように言った。

それから二人は台所に立ち、ニンジン、ネギ、豆腐にシメジやナメコを入れた茸汁を作り、竜二に振る舞い、自分たちも食べた。独り身の竜二には十分のご馳走だった。そんな幸せを感じながら、夕方になるまで、茸採りのことや学校のことなど賑やかに話し、二人は帰って行った。

朋代と彩子が帰ったあとで、竜二は煙草に火をつけ一息ついた。紫煙が淡い陽射を受け、窓辺で揺らめいている。竜二はほろ酔い加減でそのまま畳の上にごろりと横になった。茸採りの疲れに加え、風呂上がりだったからか、コップにたった一杯ほどのビールが、眠気を誘った。うとうと仕掛けた時、玄関の戸が開く音がした。また、誰か来たのかな、と竜二は耳をそばだてた。

「先生、忘れ物を取りに来たよ…」

入ってきたのはもう帰ったと思っていた朋代だった。

「何を忘れたんだ」

ゆかたの裾を直しながら。竜二は頭だけ上げた。

「タオル」

花瓶の横を指差し、寝転んでいる竜二を呆れ顔で見た。

「先生、もう酔ったの。弱いんだね…こんな所に寝たら風邪ひくよ」

朋代は手を取って引っ張り起こそうとした。

「やれやれ」

竜二は起き上がろうとしたが、その瞬間に、

「私、先生のこと好き…」

朋代に突然、抱き付かれ、竜二はまた畳にひっくり返った。

「馬鹿っ、何てこと、するんだ…彩子が戻って来たらどうするんだ」

押さえ込まれて身動きできない竜二だったが、腕は柔道技で勝手に朋代を抱き締めていた。

朋代は、駄駄っ児のようにしがみついた。

「大丈夫、もう帰ったから」

「大丈夫って、言っても…」

そう言いながら、竜二は戸惑っていた。高校一年生の頃の朋代はほっそりしていて、まだ幼さが残っていたが、今、腕の中にいる高校三年生になった朋代は肉感があり、胸の辺りの弾力が衣服の上からも感じられる。風呂上がりのいい匂いもしてくる。こうやって実際に抱き締めていると悪い気はしない。さっきの風呂場で見た朋代のTシャツの下の白い肌が眼にちらつき、気付いた時には、竜二は無意識に朋代をひっくり返していた。

「こんな明るい所で…私、いやだ」

朋代は急に、はにかみ、顔を背けた。夕方とはいえ薄日が射している。

「それも、そうだな」

「夜になったら、また来るから」

ニッと笑った朋代は、竜二を押し退け、恥ずかしそうに衣服を直し立ち上がった。そしてタオルを手にして、あっけに取られている竜二を尻目に玄関の戸を開け、元気よく外へ飛び出して行った。

そのあと竜二は、今の出来事が信じられない、という面持ちで、しばらく呆然としていた。そう言えば、体育の時間に校庭で走っていて、ふくらはぎの肉離れを起こし、歩けなくなった朋代を背負ってやったのは、彼女がまだ一年生の時だった。

竜二はふと、それを思い出した。朋代はそれを忘れずにいるのだろうか…それで、よく、この住宅に来ていろいろ世話をしてくれるのか。俺に好意を寄せてくれていたのか。今頃、気付くとは迂闊だった。俺だって、彼女が嫌いなわけじゃない…それにしても、女の夜這いは聞いたことがない、と竜二は苦笑しながら、座布団に座り直した。そして、そばの酒をコップに注ぎ、茸汁や煮物の食べ残しをむしゃむしゃ食べながら、一杯二杯とまた呑みはじめた。

竜二の住宅は山を背に建っていて、同じような住宅が四棟ほどある。前方は田や畑が連なり、所々に民家の屋根が見えた。四棟の住宅には竜二のような独身教員が住んでいる。しかし隣の物音はあまり聞こえてこなかった。

裏手は山で雑木林が鬱蒼として、雑草が伸び、所々に竹藪があった。だから夜は特に裏手の窓は死角になり、夜這いの条件としては悪くはなかった。

娯楽の少ないこの村では、どぶろく（自前の酒）を呑むことと、そのあとで、男女が夜忍んで逢うこと（夜這い）が極上の楽しみだと聞いた時は、竜二も驚いたものだ。しかし、それが現実のものになろうとは、竜二は信じられない面持ちだった。

酒をたらふく呑み、物思いに耽っているうちに寝てしまったらしく、ふと窓をたたく音を耳にし、寝ぼけまなこのまま薄目を開いた。どれくらい眠っていたか解らないが、外を見るともう暗かった。夜這いのことを思い出し、急いで窓を開けると暗がりの中に朋代がいた。

「夜這いに来たぞー」

朋代は竜二を見て笑った。

「おお、来たか…」

窓辺から朋代を抱き上げようと竜二は太い腕を差し延べた。が、その瞬間に朋代はわざと身をかわし、物陰に隠れてしまった。驚いた竜二は窓から身を乗り出し、「おい」と呼んだがどこにもいない。

振り返ると台所に灯がともっている。なんだ、もう入ったのか。そう言えば、玄関のカギをしていなかったことを思い出した。まあ、いい、とにかく来てくれたんだから。そう思いながら台所を覗いた。すると、朋代が何か、かたこと料理している。

「先生、今、味噌汁つくるから、ちょっと待ってて…」

朋代は後ろを向いたまま言った。Tシャツの後姿は、引き締まっているが、肉付きのいい体の線を見せ艶しかった。

「味噌汁なんて、いいから…ちょっと来い」

竜二は朋代を後から抱き上げた。

「ちょっと、待って…」と、小さく声を上げる朋代をうす暗い部屋の中へ無理やり連れて行った。横になった朋代は覚悟を決めたのか、何の抵抗も示さなかった。

「私、卒業したら、先生の嫁っ子になるから…いい？」しばらくして朋代は、竜二の耳元で囁いた。

「うん、でもこの事は、みんなには内緒だぞ、いいな」

事はうまく運んだ。嬉しいことに朋代が夜陰を忍んで逢いに来てくれたのだ。夢みたいな話とは言え、きっと神様の贈物かもしれないなあ、と思いながら竜二は、幸せな気分で寝入ってしまった。

しばらくして、スーッと頭の上をすきま風が通ったような気がして、竜二は眼が覚めた。外はまだ暗かった。薄明りを通して、窓が少し開いているのが見える。風はそこから入ったらしい。竜二は、座布団を抱き締めて寝ていた。座布団で辛うじて暖を取っていたようだ。朋代のことを思い出し、慌てて手を伸ばしてみたが、そばに寝ているはずの朋代がいない。頭だけ動かすと何処かに灯がともっている。

薄明りは台所から漏れていた。台所に居るんだな、と竜二の口に笑みが浮かんだ。パッと跳ね起き、台所を覗いたが、朋代の姿は何処にもなかった。朋代はもう帰ったのかな？

でも何故、台所の灯がついているのか。消し忘れだったのか…何やらさっぱり訳が解らなくなり、竜二は部屋に戻り窓の外を見た。

山々は黒々として暗闇が勢力を満たしている。漆黒の闇は、まさに精霊の棲み家だった。突然、近くの竹藪がザワザワ音を立てた。風の勢いが増したのか…それとも何か、いるのか、と眼をこらしたが、それらしい姿は見えなかった。その時、何故か、思わず、体の中にブルッと寒気が走った。

竜二は慌てて窓を閉めるや押し入れから、布団を引っ張り出し、その中に一目散にもぐり込み、夜具の中で体を縮め眼を閉じた。


時間を繰り上げ、午後三時から始まった職員会議が珍しく長引き、退庁の五時になっても終りそうになかった。会議室のない分校は会議も朝会同様、職員室で行う。正面には教頭がどっかりと座り、窓の方には生徒課の教員五人が座り、向かい合った側には、教務課の教員が四人ほど座っている。教務主任の隣には、分校でただ一人の若い女教師、白百合のように清楚な由香先生が座っている。総勢十人ほどの顔ぶれであるが、皆それぞれ、こわ張った表情をしている。

すでに教務主任の方から、この分校の将来のためにも、これから冬場にかけて、生徒募集を学校挙げて行いたい、との意見が出されていた。教頭の方からも、昭和三十年代や四十年代のような廃校の危機がすぐに来ると言うことではないが、生徒数の確保と、新校舎建設の実現は分校存続のためにも大事なことなので、生徒募集など、先生方のご協力をお願いしたいとの依頼があった。

今までは、毎年、教頭と教務主任が各部落の中学校に出向き、協力を要請していたが、効果の方ははかばかしくなく、今年は一つの試みとして、各家々を回り、生徒募集を行いたいとの提案だった。頭では皆、納得できるのだが、これから晩秋そして冬場にかけて、生徒募集に各部落を回るとなると、手分けして回っても半径十から十五キロの中に五つの部落が点在している。行き帰りの時間を入れると、生徒募集は夜遅くまでかかるだろう。説得がうまくいかなければ、何度も足を運ばなければならない。いずれにせよ、個々に重い任務が課せられることは避けられなかった。

空の陰りが次第に濃くなり、山間の日暮れは、すぐそこまで来ていた。分校を預かる上での最高責任者である教頭の顔にも、やや苦渋の色が見え始めた。教師の多くは虚ろな表情で、眼は宙を飛んでいる。

一人竜二だけは腕を組み、じっと眼を閉じていた。しかし、竜二は前日の疲れと、二日酔いのためウトウトしながら、会議よりも、きょう風邪で学校を休んだ朋代のことが気になっていた。

冷静に考えると、一時の熱情からとんでもない事をしてしまったという念と、昨夜の出来事はやはり夢だったかもしれない、という二つの念が頭を行ったり来たりしていた。深酒をした翌日は、記憶がとぎれることがあるというが、考えれば考える程、ますます解らなくなるのだった。

その時、居眠りしている竜二に教務主任から、ご意見を、と声がかかった。突然のご指名に驚きながらも、竜二はカッと眼を見開き、ゴホンと言って立ち上がった。そして、寝ていたことをごまかすように、すまし顔でしゃべり始めた。

「えー、分校の将来ためにも、我々教師が黙って見て見ぬ振りをしていてはいかんと思います…この貧しい山村の青少年のためにも…ゴホン、ここは我々教師が、一丸となって協力してやっていくべきではないかと私は思いますが…」

一気に話し、ちょっと言い過ぎたかなと少々後悔しながら、竜二はバツの悪そうな表情を見せ着席した。生徒募集に賛成…とも取れる竜二の発言に教師の皆は驚いて、視線を竜二に送ったり、隣同士ゴソゴソ話をしたりしている。しばし騒然としたざわめきの中で、皆はかたずをのんで教頭の顔色を窺った。すると、教頭の眼がキラリと光った。一同に、一瞬緊張が走ったが、それは、昔、戦争で生死の狭間を生きてきたと言われる教頭が初めて見せた涙だった。

「私も賛成です…」

それに気付いた、いつもは無口な由香先生が大きく眼を見開き、はっきり言った。皆の顔には、しばし驚きと戸惑いの表情が混じり合っていたが、ついには雲が晴れたような笑顔に変わった。

「やるしかねえなあ」という声がどこからともなく起こり、その言葉に賛同するように、皆、一応に頷いた。皆の意思を確認した後、教頭は悦びの表情を見せて立上がった。

「有り難う…よろしく頼みます」

教頭はそう言って、深々と頭を下げた。

その翌週から、早速、生徒募集は始まった。中学校側からの協力もあり、それぞれの部落の対象となる中学生のいる家々にはすでに連絡済みであったが、いざ、行ってみると、ほかの家の様子をうかがったり、少し考えさせてくれといった慎重論が多く、予想以上に前途多難を思わせた。

帰宅は夜の八時、九時を過ぎることもあった。カギをしていない住宅に、誰かがこっそり来て夕食の準備をしてくれることはあった。もちろん朋代と彩子だろうと思っていたが、日常の瑣末時に紛れ、朋代ともゆっくり話す暇もないまま、時は過ぎて行った。

華やかな紅葉の演舞も終り、山の峰々に木枯し舞う季節が到来しても、竜二の帰宅は相変わらず遅かった。

ある夜、竜二のうす暗い住宅の玄関の前に立っている人影があった。よく見ると若い女性だった。

「突然のおじゃまで申し訳ありません。角倉先生でしょうか…私、朋代の姉の神崎夏代と申します。妹がお世話になっております」

と、静かに頭を下げた。朋代より整った顔は化粧のせいか、さらに美しい。いつぞや山の中で出会った女性に似ているような気がしたが、特に、それには触れず、

「はあ、どうも、いつも遅いもので…寒い所でお待たせして済みません。汚い所ですが、よかったら中へどうぞ」竜二はどぎまぎしながら答えた。そう言えば、K市のナイトクラブに勤めている夏代という姉がいることは訊いていたが、今どき何をしに来たものか？不吉な予感がした。中に入り、居間に灯をつけ、食卓の前の座布団をすすめた。

「男所帯で、何もなくて…今お湯を沸かしますから」

頭を掻きながら、ポットを手にした。

「どうぞ、お構いなく…用が済みましたら帰りますから」

夏代は座布団にきちんと座り、竜二をじっと見つめた。厚地の淡いブルーのスーツ姿で、どことなく垢ぬけている。

「ご用というのは…？」

もしかしたら、あの事か?と懸念しながら竜二は眩しそうな視線を向けた。思えば、もうあれから二か月あまりが過ぎている。

「最近、妹の様子が変だと思い、何気なく訊いてみました。最初は否定していましたが、そこは同じ女の勘…それも血を分けた姉妹です。すぐに素直に好きな人がいると白状しました。もう、お察っしがついたと思いますが、どうやら、子ができたらしいのです」

「子供…?」

竜二の驚きは一通りではなかった。

「相手は誰か解かりませんが、いずれは結婚すると申しております。卒業までもう少しのところです。なんとか卒業だけはさせてやりたいのです…勝手な言い分で恐縮ですが、この私の気持ちを汲んでいただき、妹の力になってやって下さいませんでしょうか」

夏代は、相手が竜二だと疑いながら装っているようだった。言葉の端々にそれを匂わすものがあった。

「そのことは…本当に間違いないのですか」

竜二は、しどろもどろ訊いた。

「私にも心当たりのあることですので、まず間違いないと思います。そこら辺のことをお含みの上、どうぞ、よろしくお願いします」

そう言えば、最近の朋代は、竜二との会話を避けたり、ときどき考え込んでいることがあった…と竜二も少し思い当たる節がなくもなかった。

「解りました。ご心配なく…できるだけの事はします」

一呼吸おいて、竜二は潔く言った。

「それでは、何とぞご内聞の上、よろしくお願い致します。では、おやすみなさい」

夏代は言うだけ言うと、ほっとしたような顔をして、軽く会釈をして立ち上がった。

朋代の姉の夏代が帰った後も残り香が漂っていた。竜二は女の勘の鋭さを改めて見直すと共に、この二か月あまり、自分には何気ない表情を示してきた朋代の中にも、女の性《さが》のあることを知った。と言っても、明日から朋代を別な眼で見ることはできない…とにかく、あまり考えるのは止そうと自分を戒め、遅い夕食をとるため台所に立った。

山々が白いものに覆われ、いつしか厳寒の冬がやって来た。北上山系を吹きすさぶ風は地吹雪をおこし、凍えた頬に鋭い爪を立てた。冬場の生徒募集は辛酸を極めていた。雪の山道を土手から沢に落ちないように、竜二と教頭を乗せ、教務主任は細心の注意を払い運転した。しかし、時には吹雪に視界をさえぎられ、危険が身近に迫るときもあった。やっと辿り着き、目指す農家の戸を開けても農閑期ながら、朴訥な農家の人たちとの話はなかなか進まず、冷たくなったお茶をすすり溜息をつくことも多かった。囲炉裏の火は燻《くすぶ》り、ランプのような暗い裸電球が一つ点る土間は寒々としていた。経済的に余裕のある家は、村の高校（分校）よりも、本校にできれば、自分の子をやりたいという希望がどうしても強く、就職と決めている貧しい農家の父母は、なかなか進学に変更しようとはしなかった。

竜二は教務主任とふたりだけで出向いたり、ときには竜二が単独で出かけることもあった。そして判断に迷っている所には何度も行って説得に努めた。一方では、他の教師連中も竜二たちに負けじとライバル意識を燃やし奮闘していた。

教頭の指揮のもと、総力を上げての努力の甲斐あり、一月末ごろまでには、前年度を上回る成果を上げ、生徒募集も一段落した。

定年間近の教頭が何故それまでして、この分校のため尽力をつくしたのか、竜二には解るような気がした。『教育とは、教壇で声を張り上げていれば、いいというものではない。時には、地域の人々と膝を交えて話し合うことも大事なのだ。我々教師は、ここの人間ではない。いつかは、この地を去るだろう。しかしどこに居ても、全力を尽くすのが教師の使命なのだ…』というのが、教頭の持論だった。おそらく教頭の心の中には、戦争で失った戦友の意志を引き継ごうという信念があるのだと、竜二は心の中で思っていた。

生徒募集も終り、帰宅はもうそれ程遅くなくなったが、山村の春はまだ先とばかりに日暮れは早かった。最後の考査後、出校日にも顔を見せなかった朋代は、三月の卒業式も体調がすぐれないと言って欠席した。

竜二はいたたまれず、きょうこそ家に様子を見に行こうと、いったん住宅に戻り、礼服を脱ぎ、着替えをしていた。ちょうどその時、玄関をノックし、戸を開けた者があった。誰かと見ると朋代だった。

「先生、しばらくでした…」

朋代は厚地の毛糸のセーターを着て、ズボンを穿いていた。見ると、松葉杖をつき、心持ち足を引きずっている。

「なんだ、朋代、体調が悪いっていう話だったが、どうかしたのか？」

その様子に驚き、優しい言葉の一つもかけるつもりが、つい強い口調で訊いた。

「だって、先生…これ」

朋代は足の包帯を見せた。話によると、積雪で傷んだ屋根の修理をするのを手伝っている時、誤って梯子から足を踏み外し、足首を捻挫したという。足を引きずって式に出るのは恥ずかしいから休んだことを知った竜二は、あきれた顔で朋代を見た。

「ところで…体の方は大丈夫か？」

それから竜二は、朋代の腹の辺りに眼をやりながら訊いた。心配気な顔付きをしている竜二を、朋代は、ちょっと怪訝そうな顔をして見ていたが、思い出したようにクスッと笑った。

「そう言えば、夏代ねえちゃんが何か勘違いしたみたいで、先生の所に来て、失礼なことを言ったらしいね。私が夜遅く、出歩いたりしたのも悪かったけど…そのうちお詫びに来ると思うよ」

「お詫びなんて、気にすることはないが、それより朋代、茸採りに行った日の夜、来ると言って、来なかったのか」

竜二は、気になっていたことを思い切って訊いてみた。

「来るには来たけど、あの時、先生は鼾をかいて寝てたから、起こすと悪いと思ってすぐ帰ったよ…それが、どうかしたの？」

「なんだ、そうだったのか…それで窓がちょっと開いていたのか」

竜二は肩の力が抜けたような顔をした。

「大人って、いやだねぇ、先生も何か勘違いしてたの」

朋代は無邪気な微笑を見せて、竜二の腕をつねる仕草をした。

「ところで、朋代、また夜、会いに来る気あるのか」

わざと気軽な口調で、竜二は訊いてみた。

「うん、そのつもりだよ。でも、今度は寝てちゃ駄目だよ…」

朋代は恥ずかしそうな表情を見せて言った。そして、

「じゃあ、先生、また来るね」

と、黙ってニヤニヤしている竜二をちらっと見て、笑いながら、松葉杖をつき、足を引きずり帰って行った。朋代が帰ってから、竜二は煙草に火をつけ一服した。そして、変わらぬ朋代の気持ちを嬉しいと思った。

姉の夏代が、夜陰を忍ぶように竜二の住宅を訪れたのは、その日の晩遅くのことであった。それでも、きょうは少し早く店をぬけて来ました…と、手にウイスキーのビンを下げている。外を吹く風は冷たく、時折、住宅の窓をたたいた。

「いつぞやは大変、失礼を致しました」

中に入った夏代は、毛皮のコートを脱ぎ丁寧にお辞儀をした。着替えをしないで来たもので…と、胸の開いた深紅のドレスを着ている。

「別に気にせんで下さい…」

竜二は眼のやりどころに困りながら、座布団をすすめた。

「これ、店のボトルです。良かったら、お呑みになりません？」

竜二は最初ためらっていたが、それじゃあ遠慮なく…と台所でポットに水を入れ、それからコップを二つ持ってきた。いつの間にか食卓にチーズとピーナッツが置かれている。

「これも店から、持ってきました」

夏代は悪戯っぽい眼をして微笑んだ。そして嬌態を示しながら竜二のそばに座り、慣れた手つきでコップにウィスキーと水を注ぎ、二人分の水割りを作った。

濃い目の水割りだったからか、酔いはすぐに回った。夏代の豊かな起伏をみせる白い胸元の肌も、酔う程に淡い朱を帯びて、呼吸に合わせ波打っている。

「まだ、はたちにもなっていない妹と、先生はすぐ結婚なさりたいのですか」

「いや、まだ、そこまでは…」

歯に衣着せぬ夏代の言葉に、竜二は負けそうだった。

「妹には前途があります。妹には妹の道を行かせてやりたいんです…その代わりと言ってはなんですが、私ではだめでしょうか」

上眼遣いに見る妖艶とも言える夏代に、いつしか竜二は心を奪われていた。

「そういうわけではありません。ただ…」

「妹のことが、そんなに好きなんですか」

「まだ、そこまでは、いっていませんが、できれば朋代の真心を裏切りたくないのです」

「それは恋ではありません…恋はもっと切なく、苦しいものです…実は七、八年ほど前、私の女友だちが、この近くの山の中で首を吊って死にました。私と恋の争いをして負けたのです。友人を死に追いやった私は罪深い女かもしれません。こんな女は、いやですか…」

と言って、夏代は竜二の手を取り、苦しげに自分の胸に押しつけた。酔いの回った竜二は、思わず、罠にかかった獣のように夏代を抱き締めようとした。

ちょうど、その時、なぜか急に風が強まり、住宅を揺らすように吹き、ブレーカーが落ちたのか、灯がパッと消えた。

「まあ、どうしたのかしら」

夏代が驚きの声を上げた。

「ちょっと、見てきます」

竜二は、急いで立ち上がった。そして、ブレーカーのある場所を手探りで必死にさがした。やっとのことで灯がつき、居間に戻った竜二はうろたえた。毛皮のコートもろとも、夏代の姿がないからだ。

「夏代さん！」

と、首をかしげながら、竜二が慌てて玄関から飛び出した時には、毛皮のコートを羽織って、急ぎ足で行く夏代の後姿が暗闇に消えようとしていた。

それから、何日かして、朋代が竜二宛てに一通の手紙を置いて、忽然と村から姿を消した。

竜二が姉の夏代を好きになったと思い、自ら身を退いたのか…手紙には、「心配しないで下さい…また会いに来ます。朋代」とだけ書いてあった。気付かぬまま、竜二の心が夏代の方に傾いていたのは事実であり、どうして、そうなったのか竜二にも訳が解らなかった。

しばらくして、朋代がM市のデパートで働いていると彩子から訊いたが、竜二は朋代の就職が内定していたことを思い出し、内心ほっとする思いだった。

卑怯者と責められても、何故、心変わりをしてしまったのか、竜二自身もよく解らなかった。今の自分にできるのは、時が解決してくれるのを待つだけだ、と竜二は自分に言い聞かせていた。しかし、そう思いながらも、ふと寂しいものが竜二の心をよぎった。

定年を迎える教頭と転勤する教師たちの送別の宴が、K市で催され、竜二も出席した。本校の教職員や校長も参加し、賑やかな宴だった。

二次会まで付き合い、一人になった竜二の足は自然に夏代の勤めるナイトクラブへと向っていた。その店は、以前、聞いていたので見つけるのに時間はかからなかった。きらびやかなネオン街の中心部に夏代の店はあった。クラブの中は広々としている割には薄暗く、若いホステスが十人近くいて、どこに夏代がいるのか分らず、竜二は、ぼんやり入り口の所に立っていた。

長いカウンターの他に五、六個のボックスがあり、店は多くの客で賑わっている。そばにいたボーイが竜二を空いたボックスに案内した。

しばらくすると、中ほどのボックスにいる夏代がボーイに告げられ、慌てて立ち上がった。そして今まで相手をしていた中年の男性客に軽く会釈をし、竜二の所にやって来た。

「いらっしゃいませ…」

夏代は艶やかな笑顔を見せて、竜二の脇に寄り添うように座った。表面上は普通の客をあしらうようにしながら悦びを隠そうともせず、店のボトルを持ってくるように近くのボーイに言った。

「やあ、どうも突然うかがい、すみません」

竜二は慣れない場所で身を堅くしていた。

「あの時は、さぞかし驚かれたでしょう。許して下さいね…」

改めて、あの夜の無礼を詫びた。そしてボーイが持ってきたウィスキーのボトルを手にし、グラスに注ぎ、あの晩と同じように水割りをつくり、竜二にすすめた。

「あなたが、どうして急にいなくなったのか、今も不思議です。あの時、何かあったんですか…」

店の中ではあまり立ち入った話もできず、そこまで言って言葉がとぎれた。夏代も戸惑った表情を顔に浮かべ、竜二を黙って見つめた。

竜二は茶系のスーツを着込み、地味な洋装だったが、夏代はシルクのドレスに身を包み華やいで見えた。

「良かったらどうぞ」

夏代は、ボーイが運んできたハムやサラダを盛った皿を手に取り、ソファーに畏まって座っている竜二にすすめた。

夏代に会いたいということと、朋代のことも訊きたくて、酔った勢いで夏代の店にやって来た竜二だが、いざ面と向かうと言葉が出てこなかった。

心持ち酔いの回った顔をしている夏代は、脇のソファーに座り直し、水割りを一口呑んで、微笑んだ。

「急に乗り込んできて、すみません。これを呑んだら帰りますから」

竜二は、夏代の仕事を邪魔しに来ているような気がして落ち着かなかった。

「あら、ゆっくりなさって下さい。まだ話らしい話してないんですから」

「ああ、そうでした。ところでその後、朋代はどうしているかご存じですか」

そう言って、竜二は、水割りを口にし、一息ついた。少しはこの場の雰囲気に慣れてきたようだった。回りの客やホステスは、竜二のことなど眼に入らぬように、自分たちの話に夢中になっている。

「実は、私が次の休みに実家に戻った時には、すでに妹はM市に行ってしまっていませんでした。居所は分っているから心配ないと母は言っていましたが…きっと妹は私を恨んでいることでしょうね」

そう言いながら、夏代は水割りをまた一口呑み、溜息をついた。妹のことを案じながら悩んでいるらしく、眼には心なしか涙が滲んでいる。

「朋代のことだから、元気にやっていると思うが…」

その涙に竜二の心も疼《うず》いたが、努めて明るく言った。

「そうなら、いいのですが」

「そんなに自分を責めなくても…悪いのは、あなたの魅力に心が動いた俺です…」

「そうですね。悪いのは私だけではないかもしれませんね…きっと先生が悪いんだわ」

夏代の顔に笑みが戻り、竜二はほっとしながら煙草を取り出すと、夏代が素早くライターを差し出した。

「朋代の様子をそれとなく探りに、そのうちM市の方に行ってみますよ」

「まあ、先生って、やっぱり優しいんですね。でも、こうやって話ができて、気持ちが軽くなりました。私もずっと、気になっていたんです…」

それは竜二も同じだった。しかし思い出すといろいろな事があった気がしてならなかった。今こうして夏代と共にいることすら不思議に感じられた。

「あの晩、俺の住宅で、電気が消えた時、あなたが何故、何も言わず帰ってしまったのか…その訳を知りたかったんです」

竜二は、単刀直入に訊いた。

「実は、朋代がどこかで、私たちの様子をうかがっているような気がしたもので…案の定、私が家に帰った時、朋代はおりませんでした」

「なるほど…どこかに隠れて見ていたかもしれませんね。しかし朋代は足を痛めていたから、夏代さんの方が先に家に着いたのでしょう」

「その晩、ちょっと喧嘩になりまして…お恥かしい話ですが」

夏代は俯き加減になって、頬の辺りに手をやった。

「そうだったんですか…俺の方こそ、酔ったとはいえ、夏代さんにみっともない事をしてしまいました…」

「それは先生が悪いんじゃありません。でも結果として私たちの事で、朋代を怒らしてしまいましたが、今、M市のデパートで働いているようですから、彼女にとっては、いい社会勉強になるだろうと思っているんです。私の母も祖母も、あの村から一歩も外へ出る事なく、一生を村の中で過ごしているんです。私と妹は村の分校で勉強したお陰で、外へ一歩でも二歩でも踏み出せたんだと思っています。もっとも、こんな事をしている私自身、自慢はできませんが…」

「そんなことはない。どんな仕事でも、働いて生きていくのは大変なことです…」

そう言いながら、竜二は今の話を聞いて少しほっとする思いだった。確かに山村に生まれた人々は、交通の不便な山の中で、農作業に追われ、厳しい大自然の中で、一日中、身を粉にして働かなければならない。

そんな山村に生きる人々の苦労の歴史の中で、分校の存在は、意義あるものなのだと竜二は思った。そして、また今の夏代の話はそれを裏付けるものだと、教師の一人として、竜二にとって嬉しい言葉だった。

竜二がその店を出たのは、それから三十分程してからだった。外は、夜の十一時を回り、人通りも少なくなっていた。夜空の星を眺め、現実に戻った竜二の胸に去来するのは朋代であった。

朋代のことが解決しない限り、夏代との事もどうなるのか、竜二にも解らなかった。とにかく朋代には、すぐにでも会いに行こう。すでに卒業してしまったとは言え、朋代は竜二の心の中ではまだ可愛い生徒なのだ。やはり心配でならなかった…竜二はもう一度夜空を眺め、大きく息を吸って歩き始めた。

その後、生徒募集などの実績が功を奏し、分校の新校舎建設の要望が実現の運びとなった。

ほの暖かく心地よい風が山稜を撫でるように吹き、新緑が樹々を包む頃、新校舎の建設工事は始まった。山を削り、岩盤を打ち砕く音が、山峡に響き渡り、その音が何キロも離れた分校にまでこだました。その音を聞く度に、あの苦しかった生徒募集の努力が報われた満足感に教師たちの顔はほころんだ。

竜二はその朗報をもって、M市にいる朋代にも会いに行った。そして、昔のままの教師生徒の間柄に戻ることができた。朋代は毎日の仕事がおもしろいと言って、広い世界で水を得た魚のように生き生きしていた。

時は静かに流れ、以前の平隠を取り戻したようであった。ただ、「教師になったからには、教育に命を賭けなきゃ駄目だ」と、教育への情熱を教えてくれた教頭のいない寂しさを竜二は感じた。

「先のことは解らないが、その時、その時を一生懸命生きることが大事なのだ。自分の生きる目的を見失ってはいけない…」と、教頭はいつも言っていた。若き日、戦争を体験した教頭との出会いは、竜二にとっても貴重なものだった。

この村に勉学の志が有る限り、教育の灯は決して消えることがないだろう…それを心から願う竜二を励ますように、校舎建築の快音は山稜にこだましていた。

（了）

エピローグ

私にとっての「生きる道」は教師の道を生きることでした。教師という職を通し、英語の授業と共に、何かの折に自分の考えを生徒たちに伝えるように心掛けていました。自分の考えを伝えたり、生徒のために尽くすことが、その頃の私の「生きる目的」（人生の目的）だったのだと思います。「先生は哲学者みたいだ」とか「若いけど年寄りじみている」などと笑われたこともあります。

後年、「先生は、人間教育を大事にしていたことを苦労してみて、初めて解りました」と手紙をくれた生徒もいます。

退職してからは微力ながら新聞投稿を通じて、少しでも世のため、人のためになれば、と書き続けてきました。人は誰でも、人生途上でいろいろな苦労を味わいます。なんで自分が、こんな目に遭わなければならないのか、と疑問に思う時もあると思います。私も八方ふさがりという経験をしたことがあります。

私の教師生活の最後の五年ぐらいは、特に辛い毎日でした。耳鳴りが原因で音過敏症を伴った神経症になり、周りのいろんな音（機器や冷暖房機の音など）に敏感になり、職員室にも長く居られなくなったのです。図書室などで仕事をしたり、車の中で食事をしたり、急用のときは、携帯電話に掛けてもらい対応するという状態でした。幸い、授業には支障ありませんでしたが、普通の職業なら、即リストラされていたと思います。退職の二文字をいつも念頭に置きながらの毎日。五十五歳の早期退職でした。

そのように思い通りにいかないのが人生ですが、私はそれを逆にチャンスと考えました。普通なら五十五歳で自由の身になるなど考えられないことだからです。私は、「教師を辞めても、教師は教師だ」と自分を励まし、やれることをやろうと決心しました。

私は英語の教師で、それほど作文は得意ではありませんでしたが、書くことは好きで、四十五歳の時、岩手日報随筆賞の二席に入賞し、翌年はＩＢＣノンフィクション大賞に入選、さらにその翌年には文芸誌「北の文学」で小説が入選しました。

そのように体調不良でも好きな読み書きはできることに気付き、本や新聞を読み、あとは文筆に費やすようにしました。

新聞自体の役目もそうですが、新聞投稿で社会に発信することも、「世のため、人のため」になる訳で、つまり「生きる目的」の一つと考えられます。そのように「生きる目的」になるものは、身の回りにたくさんあるので見つけてほしいと思います。

日常の家事以外は、読書と文筆をやり、二〇二〇年時点で、岩手日報に日報論壇二十四回、声六十六回、ばん茶せん茶十八回、計一〇八回、掲載されました。

今回は掲載文を項目ごとに整理し、本に入れさせてもらいましたが、時の流れと共に話題は変わっていきますので、それを考慮しながら読んでいただければ、と思います。

小説は「北の文学」の最終選考や二次選考の作品です。私にとっては、懐かしい学校などを背景にしたフィクションです。しかし、小説の中の物語とは言え、現実も同じです。病気になったり、あるいは恋の悩みや人間関係など、厳しい現実をどう生きていくかを考えるきっかけにもなります。「事実は小説よりも奇なり」と、ことわざにもありますが、疑似体験ができる小説を読むことで、いろいろ学ぶものもあるはずです。

理屈通りにはいかない、厄介な現実、時には哀しみや嬉しさを感じさせながら人生は過ぎて行くものです。

偉そうなことを述べてきましたが、私自身、人生論などの本に救われた一人です。私の物の見方や考え方が、何かの参考になり、問題解決の手掛かりになりますことを心から願っております。

谷村久雄（恒星）

挿絵の萩焼・巨大陶芸の作者　丸山《まるやま》　陶心《とうしん》

昭和 22 年　千葉県生まれ
昭和 47 年　神奈川大学外国語学部卒
昭和 50 年　山口県の萩市で萩焼を始める

日本現代工芸展、九州山口陶磁器展、金沢工芸展
西日本陶芸展、国際陶磁器展美濃などで、入選、入賞十数回

萩在住。十数年前から、毎年、フィリピンの大学に招かれ、長期に渡り、陶芸の指導や作陶を行なっている。またインスタグラムなどで、作品を海外に発信し、多くの称賛を得ている。（著者とは同期、同じ学部に学ぶ）

萩焼の写真撮影　谷村《たにむら》　伸郎《しんろう》

昭和 29 年　岩手県花巻市生まれ（著者の実弟）
昭和 48 年　岩手県立花巻北高等学校卒
昭和 54 年　神奈川大学経済学部卒
昭和 56 年　岩手県立養護学校（特別支援学校）教諭
平成 22 年　岩手県立久慈拓陽支援学校 校長
平成 24 年　岩手県立盛岡青松支援学校 校長
平成 26 年　岩手県立特別支援学校 退職

著者略歴　谷村《たにむら》　久雄《ひさお》（ペンネーム／谷村《たにむら》　恒星《こうせい》）

昭和 24 年　岩手県花巻市石鳥谷町生まれ

昭和 43 年　岩手県立花巻北高等学校卒

昭和 47 年　神奈川大学外国語学部卒

昭和 48 年　岩手県立久慈高等学校（長内、山形）講師

昭和 49 年　岩手県立高等学校 教諭

平成 17 年　岩手県立高等学校 退職

平成 5 年　岩手日報随筆賞入賞

平成 6 年　IBC ノンフィクション大賞入選

平成 7 年　北の文学 31 号　小説入選

同　　年　岩手芸術祭　随筆部門佳作

平成 12 年　北の文学 40 号　小説入選

同　　年　北の文学 41 号　小説入選

平成 17 年　岩手芸術祭　小説部門優秀賞

平成 19 年　岩手芸術祭　小説部門佳作

令和 2 年　岩手日報投稿掲載 100 回達成

紫波町在住 20 年（紫波町紫波中央駅前 3-1-21）

生きる目的を知ろう

発　行	2021年12月1日
著　者	谷村　久雄
発行人	細矢　定雄
発行者	有限会社ツーワンライフ
	〒028-3621
	岩手県紫波郡矢巾町広宮沢10-513-19
	TEL.019-681-8121　FAX.019-681-8120
印刷・製本	有限会社ツーワンライフ

万一、乱丁・落丁本がございましたら、
送料小社負担でお取り替えいたします。

ISBN978-4-909825-31-5
定価（本体価格900円＋税）